La Llamada de Cthulhu
y
El Horror de Dunwich

H. P. Lovecraft

La Llamada de Cthulhu

Capítulo 1

El horror en arcilla

Es imposible que tales potencias o seres hayan sobrevivido... hayan sobrevivido a una época infinitamente remota donde... la conciencia se manifestaba, quizá, bajo cuerpos y formas que ya hace tiempo se retiraron ante la marea de la ascendiente humanidad... formas de las que sólo la poesía y la leyenda han conservado un fugaz recuerdo con el nombre de dioses, monstruos, seres míticos de toda clase y especie...

Algernon Blackwood

No hay en el mundo fortuna mayor, creo, que la incapacidad de la mente humana para relacionar entre sí todo lo que hay en ella. Vivimos en una isla de plácida ignorancia, rodeados por los negros mares de lo infinito, y no es nuestro destino emprender largos viajes. Las ciencias, que siguen sus caminos propios, no han causado mucho daño hasta ahora; pero algún día la unión de esos disociados conocimientos nos abrirá a la realidad, y a la endeble posición que en ella ocupamos, perspectivas tan terribles que enloqueceremos ante la revelación, o huiremos de esa funesta luz, refugiándonos en la seguridad y la paz de una nueva edad de las tinieblas. Algunos teósofos han sospechado la majestuosa grandeza del ciclo cósmico del que nuestro mundo y nuestra raza no son más que fugaces incidentes. Han señalado extrañas supervivencias en términos que nos helarían la sangre si no estuviesen disfrazados por un blando optimismo. Pero no son ellos los que me han dado la fugaz visón de esos dones prohibidos, que me estremecen cuando pienso en ellos, y me enloquecen cuando sueño con ellos. Esa visión, como toda temible visión de la verdad, surgió de una unión casual de elementos diversos; en este caso, el artículo de un viejo periódico y las notas de un profesor ya fallecido. Espero que ningún otro logre llevar a cabo esta unión; yo, por cierto, si vivo, no añadiré voluntariamente un sólo eslabón a tan espantosa cadena. Creo, por otra parte, que el profesor había decidido, también, no revelar lo que sabía, y que si no hubiese muerto repentinamente, hubiera destruido sus notas.

—

Tuve por primera vez conocimiento de este asunto en el invierno de 1926-1927, a la muerte de mi tío abuelo, George Gammel Angell, profesor honorario de lenguas semíticas de la Universidad de Brown, Povidence, Rhode Island. El profesor Angell era una autoridad vastamente conocida en materia de antiguas inscripciones y a él habían recurrido con frecuencia los conservadores de los más importantes museos. Muchos deben por lo tanto recordar su desaparición, acaecida a la edad de noventa y dos años. Las oscuras razones de su muerte aumentaron aún más el interés local. El profesor había muerto mientras volvía del barco de Newport, y, según afirman los testigos, luego de recibir el empellón de un marinero negro. Éste había surgido de uno de los curiosos y sombríos pasajes situados en la falda abrupta de la colina que une los muelles a la casa del muerto, en la Calle Williams. Los médicos, incapaces de descubrir algún desorden orgánico, concluyeron, luego de un perplejo cambio de opiniones, que la muerte debía atribuirse a una oscura lesión del corazón, determinada por el rápido ascenso de una cuesta excesivamente empinada para un hombre de tantos años. En ese entonces no vi ningún motivo para disentir de ese diagnóstico, pero hoy tengo mis dudas… y algo más que dudas.

Como heredero y ejecutor de mi tío abuelo, viudo y sin hijos, era de esperar que yo examinara sus papeles con cierta atención. Trasladé con ese propósito todos sus archivos y cajas a mi casa de Boston. El material ordenado por mí será publicado en su mayor parte por la Sociedad Norteamericana de Arqueología; pero había una caja que me pareció sumamente enigmática, y sentí siempre repugnancia a mostrársela a otros. Estaba cerrada, y no encontré la llave hasta que se me ocurrió examinar el llavero que el profesor llevaba siempre consigo. Logré abrirla entonces, pero me encontré con otro obstáculo mayor y aún más impenetrable. ¿Qué significado podían tener ese curioso bajorrelieve de arcilla, y esas notas, fragmentos y recortes de viejos periódicos? ¿Se había convertido mi tío, en sus últimos años, en un devoto de las más superficiales imposturas? Resolví buscar al excéntrico escultor que había alterado la paz mental del anciano.

El bajorrelieve era un rectángulo tosco de dos centímetros de espesor y de unos treinta o cuarenta centímetros cuadrados de superficie; indudablemente de origen moderno. Los dibujos, sin embargo, no eran nada modernos, ni por su atmósfera ni por su sugestión; pues aunque las rarezas del cubismo y el futurismo sean numerosas y extravagantes, no suelen reproducir esa críptica regularidad de la escritura prehistórica. Y la mayor parte de los dibujos parecía ser ciertamente alguna especie de escritura. A pesar de mi familiaridad con los papeles y colecciones de mi tío, no logré identificarla, ni sospechar siquiera alguna remota relación.

Sobre esos supuestos jeroglíficos había una figura de carácter evidentemente representativo, aunque la ejecución impresionista impedía comprender su naturaleza. Parecía una especie de monstruo, o el símbolo de un monstruo, o una forma que sólo una fantasía enfermiza hubiese podido concebir. Si digo que mi imaginación, algo extravagante, se representó a la vez un pulpo, un dragón y la caricatura de un ser humano, no traicionaré el espíritu del dibujo. Sobre un cuerpo escamoso y grotesco, provisto de alas rudimentarias, se alzaba una cabeza pulposa y coronada de tentáculos; pero era el contorno general lo que la hacía más particularmente horrible. Detrás de la figura se embozaba una arquitectura ciclópea.

Las notas que acompañaban a este curioso objeto, además de unos recortes de periódicos, habían sido escritas por el profesor mismo y no tenían pretensiones literarias. El documento en apariencia más importante estaba encabezado por las palabras EL CULTO DE CTHULHU, escritas cuidadosamente en caracteres de imprenta para evitar todo error en la lectura de un nombre tan desconocido. El manuscrito se dividía en dos secciones: la primera tenía el siguiente título: "1925, Sueño y obra onírica de H. A. Wilcox, Calle Thomas 7, Providence, R.I.", y la segunda: "Informe del inspector John R. Legrasse. Calle Bienville 121, Nueva Orleáns, a la Sociedad Norteamericana de Arqueología, 1928. Notas del mismo y del profesor Webb". Las otras notas manuscritas eran todas muy breves: relatos de sueños curiosos de diferentes personas, o citas de libros y revistas teosóficos (principalmente La Atántida y la Lemuria perdida de W. Scott-Elliot), y el resto comentarios acerca de la supervivencia de las sociedades y cultos secretos, con referencia a pasajes de tratados mitológicos y antropológicos como la La rama dorada de Frazer, y El culto de las brujas en Europa Occidental de la señorita Murray. Los recortes de periódicos aludían principalmente a casos de alienación mental y a crisis de demencia colectiva en la primavera de 1925.

La primera parte del manuscrito principal relataba una historia muy curiosa. Parece que el 1° de marzo de 1925 un joven delgado,

—

moreno, de aspecto neurótico y presa de gran excitación, había visitado al profesor Angell con el singular bajorrelieve de arcilla, entonces todavía fresco y húmedo. En su tarjeta se leía el nombre de Henry Anthony Wilcox, y mi tío había reconocido en él al hijo menor de una excelente familia, con la que estaba ligeramente relacionado. Wilcox, que desde hacía un tiempo estudiaba dibujo en la Escuela de Bellas Artes de Rhode Island, y que vivía en el hotel Fleur de Lys muy cerca de esta institución, era un joven precoz de genio indudable, pero muy excéntrico. Desde su infancia había llamado la atención por las historias y sueños extraños que se complacía en relatar. Se denominaba a sí mismo "físicamente hipersensitivo"; pero la gente seria de la vieja ciudad comercial lo consideraba simplemente "raro". No había frecuentado nunca a los de su propia clase y poco a poco había ido retirándose de toda actividad social. Actualmente sólo era conocido por algunos estetas de otras ciudades. La Asociación Artística de Providence, deseosa de preservar su conservadorismo, lo había desahuciado.

En aquella visita, decía el manuscrito, el escultor había pedido bruscamente la ayuda de los conocimientos arqueológicos de su huésped para identificar los jeroglíficos. El joven hablaba de un modo pomposo y descuidado que impedía simpatizar con él. Mi tío le respondió con sequedad, pues la evidente edad de la tableta excluía toda posible relación con las ciencias arqueológicas. La réplica del joven Wilcox, que impresionó bastante a mi tío como para que la reprodujera palabra por palabra, tuvo ese énfasis poético que caracterizaba sin duda su conversación habitual.

-Es nueva, es cierto -le dijo-, pues la hice anoche mientras soñaba con extrañas ciudades; y los sueños son más viejos que la cavilosa Tiro, la contemplativa Esfinge o Babilonia, guarnecida de jardines.

Y comenzó a narrar una historia desordenada que, de pronto, despertó en mi tío un recuerdo. El anciano se mostró febrilmente interesado. La noche anterior había habido un leve temblor de tierra - el más violento de los que habían sacudido Nueva Inglaterra en esos últimos años- que había afectado terriblemente la imaginación de Wilcox. Ya en cama, y por primera vez en su vida, había visto en sueños unas ciudades ciclópeas de enormes bloques de piedra y gigantescos y siniestros monolitos de un horror latente, que exudaban un limo verdoso. Muros y pilares estaban cubiertos de jeroglíficos, y de las profundidades de la tierra, de algún punto indeterminado, venía una voz que no era una voz, sino más bien una sensación confusa que sólo la fantasía podía traducir en esta unión de letras casi imposibles: Cthulhu fhtagn.

Esta mezcla de letras fue la llave del recuerdo que excitó y perturbó al profesor Angell. Interrogó al escultor con minuciosidad científica, y estudió con intensidad casi frenética el bajorrelieve que el joven había estado esculpiendo en sueños, vestido sólo con su ropa de dormir, y temblando de frío. Mi tío culpó a su avanzada edad, dijo Wilcox más tarde, el no reconocer con rapidez los jeroglíficos y el dibujo. Muchas de sus preguntas le parecieron un poco fuera de lugar a su visitante, especialmente aquellas que trataban de relacionar a este último con sociedades y cultos extraños; y Wilcox no pudo entender por qué mi tío le prometió repetidamente guardar silencio si admitía ser miembro de una de las tan innumerables sectas paganas o místicas. Cuando el profesor quedó al fin convencido de que Wilcox ignoraba de verdad toda doctrina o cultos secretos, le suplicó que no dejara de informarle acerca de sus sueños. Este pedido dio sus frutos, pues a partir de esa primera entrevista el manuscrito menciona las visitas diarias del joven y la descripción de sorprendentes visiones nocturnas cuyo tema principal era siempre unas construcciones ciclópeas de piedra, húmedas y oscuras, y una voz o inteligencia subterránea que gritaba una y otra vez, en enigmáticos y sensibles impactos, algo indescriptible. Los dos sonidos que se repetían con más frecuencia eran los representados por las palabras Cthulhu y R'lyeh.

El 23 de marzo, continuaba el manuscrito, Wilcox faltó a la cita. Una investigación realizada en el hotel reveló que había sido atacado por una fiebre de origen desconocido y que lo habían llevado a la casa de sus padres, en la Calle Waterman. Se había puesto a gritar en medio de la noche, despertando a varios artistas que vivían en el mismo hotel, y desde entonces había pasado alternativamente de la inconsciencia al delirio. Mi tío telefoneó en seguida a la familia, y desde ese momento siguió de cerca el caso, yendo a menudo a la oficina del doctor Tobey, en Thayer Street, médico de cabecera del joven. La mente febril de Wilcox alimentaba, aparentemente, extrañas imágenes; el doctor se estremeció al recordarlas. No sólo incluían una repetición de los sueños anteriores, sino también una criatura gigantesca "de varios kilómetros de altura" que caminaba o se movía pesadamente. Wilcox nunca lo describía en todos sus detalles, pero las pocas e incoherentes palabras que recordaba el doctor Tobey convencieron al profesor de que aquél era el monstruo que el joven había intentado representar. Cuando Wilcox se refería a su obra, añadió el doctor, caía en seguida, invariablemente, en una especie de letargo. Cosa rara, su temperatura no estaba nunca por encima de lo normal; sin embargo, su estado se parecía más al de una fiebre violenta que al de un desorden del cerebro.

El 2 de abril a las tres de la tarde, la enfermedad cesó de pronto. Wilcox se sentó en la cama, asombrado de encontrarse en la casa de sus padres, e ignorando totalmente lo que había ocurrido en sus sueños o en la realidad desde el 22 de marzo. Como el médico declarara que estaba curado, a los tres días volvió a su hotel. Pero ya no le fue de ninguna utilidad al profesor Angell. Junto con su enfermedad se habían desvanecido todos aquellos sueños, y luego de oír durante una semana los relatos inútiles e irrelevantes de unas muy comunes visiones, mi tío dejó de anotar los pensamientos nocturnos del artista.

Aquí terminaba la primera parte del manuscrito, pero las abundantes notas invitaban de veras a la reflexión. Sólo el escepticismo inveterado que informaba entonces mi filosofía puede explicar mi persistente desconfianza. Las notas describían lo que habían soñado diversas personas en el mismo período en que el joven Wilcox había tenido sus extrañas revelaciones. Mi tío, parecía, había organizado rápidamente una vasta encuesta entre casi todos aquellos a quienes podía interrogar sin parecer impertinente, pidiendo que le contaran sus sueños y le comunicaran las fechas de todas sus visiones notables. Las reacciones habían sido variadas; pero el profesor recibió más respuestas que las que hubiese obtenido cualquier otro hombre sin la ayuda de un secretario. Aunque no conservó la correspondencia original, las notas formaban un completo y muy significativo resumen. La aristocracia y los hombres de negocios -la tradicional "sal de la tierra" de Nueva Inglaterra- dieron un resultado casi completamente negativo, aunque hubo algunos pocos casos de informes de impresiones nocturnas, siempre entre el 13 de marzo y el 2 de abril, período de delirio de joven escultor. Los hombres de ciencia no fueron tampoco muy afectados, aunque por lo menos cuatro vagas descripciones sugerían la visión fugaz de extraños paisajes, y uno de ellos hablaba del temor a algo anormal.

Las respuestas más pertinentes procedían de artistas y poetas, que si hubieran podido comparar sus notas hubieran sido presas del pánico. Ante la falta de las cartas originales, llegué a sospechar que

---

11

el compilador había estado haciendo preguntas insidiosas o había deformado el texto de la correspondencia para corroborar lo que había resuelto ver. Por eso persistí en la creencia de que Wilcox, conociendo de algún modo los viejos documentos reunidos por mi tío, había estado engañándolo. Estas respuestas de los artistas narraban una perturbadora historia. Entre el 28 de febrero y 2 de abril gran parte de ellos había tenido sueños muy curiosos, alcanzando su máxima intensidad en el tiempo del delirio del escultor. Una cuarta parte hablaba de escenas y sonidos semejantes a los descritos por Wilcox y algunos confesaban su terror ante una criatura gigantesca y sin nombre. Un caso, que las notas describían con énfasis, era particularmente triste. El sujeto, un arquitecto muy conocido, algo inclinado al ocultismo y la teosofía, se volvió completamente loco la noche que llevaron al joven Wilcox a la casa de sus padres, y murió meses después gritando que lo salvaran de algún escapado habitante del infierno. Si mi tío hubiese conservado los nombres de estos casos, en vez de reducirlos a números, yo hubiera podido hacer alguna investigación personal. Pero, como estaban las cosas, sólo pude encontrar a unos pocos. Todos, sin embargo, confirmaron las notas. Me pregunté a menudo si aquellos a quienes había interrogado el profesor Angell se habían sentido tan intrigados como este grupo. Nunca les di explicaciones, y es mejor así.

Los recortes de prensa, como ya he dicho, trataban de casos de pánico, manía y excentricidad, siempre en el mismo período. El profesor Angell debió de haber empleado una agenda de recortes, pues el número de estos extractos era prodigioso, y además procedían de todos los rincones del mundo. Uno describía un suicidio nocturno en Londres: un hombre había saltado por una ventana luego de lanzar un grito horrible. En una confusa carta al editor de un periódico sudamericano un fanático anunciaba, apoyándose en sus visiones, un futuro siniestro. Un despacho de California relataba que una colonia teosófica había comenzado a usar vestiduras blancas ante la proximidad de un "glorioso acontecimiento", que no llegaba nunca, mientras las noticias de la India se referían cautelosamente a una seria agitación de los nativos, producida a fines de marzo. Las orgías vudúes se habían multiplicado en Haití, y en África se había hablado de unos cantos misteriosos. Los oficiales norteamericanos radicados en Filipinas habían tenido ciertas dificultades con algunas tribus, y en la noche de

---

12

22 de marzo los policías de Nueva York habían sido molestados por levantinos histéricos. Confusos rumores recorrieron también el oeste de Irlanda, y un pintor llamado Ardois-Bonnot exhibió en 1926, en el salón de primavera de París, un blasfemo Paisaje de Sueño. En los asilos de alienados los desórdenes fueron tan numerosos que sólo un milagro logró impedir que el cuerpo médico advirtiera curiosas semejanzas y sacara apresuradas conclusiones. Una rara colección de recortes, de veras; apenas concibo hoy el crudo racionalismo con que los hice a un lado. Pero quedé convencido de que el joven Wilcox había tenido noticias de unos sucesos anteriores mencionados por el profesor.

Capítulo 2

El informe del inspector Legrasse

Los sucesos anteriores por los que mi tío diera tanta importancia al sueño del escultor y al bajorrelieve eran el tema de la segunda mitad del largo manuscrito. Ya una vez, parecía, el profesor Angell había visto los odiosos contornos del monstruo anónimo, había meditado sobre los desconocidos jeroglíficos, y había oído las sílabas que sólo la palabra Cthulhu podía traducir... Todo esto en circunstancias tan sobrecogedoras que no es raro que persiguiese al joven Wilcox con preguntas y ruegos. Esta experiencia anterior había ocurrido diecisiete años antes, en 1908, mientras la Sociedad Norteamericana de Arqueología celebraba su consejo anual, en Saint-Louis. El profesor Angell, por su autoridad y sus méritos, había desempeñado un papel importante en todas las deliberaciones, y a él se acercaron varios profanos que aprovechaban la oportunidad de la convocatoria para hacer preguntas y plantear problemas.

El jefe de ese grupo no tardó en convertirse en centro de atracción de todo el congreso. Era un hombre de aspecto muy común, mediana edad, y que había hecho el viaje de Nueva Orleáns a Saint-Louis en busca de cierta información que no había podido obtener en su distrito. Se llamaba John Raymond Legrasse y era inspector de policía. Traía consigo el objeto de su viaje: una estatuita de piedra, repugnante y grotesca, muy antigua aparentemente, cuyo origen no había logrado determinar.

No debe creerse que el inspector Legrasse se interesara por la arqueología. Todo lo contrario; su deseo de instruirse tenía como único origen razones puramente profesionales. La estatuita, ídolo, fetiche o lo que fuese, había sido capturada meses antes en los pantanos boscosos del sur de Nueva Orleáns, en el curso de una expedición contra una presunta ceremonia vudú. Tan singulares y odiosos eran los ritos, que la policía comprendió que se hallaba ante un culto totalmente ignorado, e infinitamente más diabólico que los del vudú. Los confusos e increíbles relatos arrancados por la fuerza a los prisioneros nada informaron sobre su posible origen. De ahí el deseo de la policía de consultar a alguna autoridad para identificar así el horrible símbolo, y seguir las huellas del culto hasta sus fuentes.

El inspector Legrasse no había esperado que su pedido convocara una impresión semejante. La aparición de la curiosa estatuita bastó para excitar a los hombres de ciencia, y pronto todos rodearon al inspector para contemplar de cerca la diminuta figura cuya rareza y aspecto de genuina y abismal antigüedad abrían perspectivas tan misteriosas y arcaicas. Nadie reconoció la escuela escultórica de la que había nacido la estatua, y sin embargo centenares y hasta miles de años parecían haberse posado en la oscura y verdosa superficie de aquella piedra desconocida.

La figura, que los miembros del congreso pasaron de mano en mano para estudiarla con más minuciosidad, medía de unos veinte a veinticinco centímetros de altura y estaba finamente labrada. Representaba un monstruo de contornos vagamente antropoides, pero con una cabeza de pulpo cuyo rostro era una masa de tentáculos, un cuerpo escamoso que sugería cierta elasticidad, cuatro extremidades dotadas de garras enormes, y un par de alas largas y estrechas en la espalda. Esta criatura, que exhalaba una malignidad antinatural, parecía ser de una pesada corpulencia, y estaba sentada en un pedestal o bloque rectangular, cubierto de indescriptibles caracteres. Las puntas de las alas rozaban el borde posterior del bloque, el asiento ocupaba el centro, mientras que las garras largas y curvas de las plegadas extremidades asían el borde anterior y descendían hasta un cuarto de la altura del pedestal. La cabeza de cefalópodo se inclinaba hacia el dorso de las garras enormes que apretaban las elevadas rodillas. El conjunto daba una impresión de vida anormal, más sutilmente terrorífico a causa de la imposibilidad de establecer su origen. Su vasta, pavorosa e incalculable edad era innegable; sin embargo, nada permitía relacionarlo con algún tipo de arte de los comienzos de la civilización.

El material de la estatua encerraba otro misterio. No había nada parecido, en la geología o la mineralogía, a aquella pieza jabonosa, verdinegra, de estrías doradas o iridiscentes. Los caracteres de la base eran igualmente desconcertantes, y ninguno de los miembros del congreso, a pesar de que representaban a la mitad de las autoridades mundiales en esta esfera, pudo descubrir el más remoto parentesco lingüístico. Tanto la figura como el material pertenecían a algo increíblemente lejano, totalmente distinto de la humanidad que conocemos: algo sugería, de un modo terrible, antiguos y profanos ciclos en los que nuestro mundo y nuestras concepciones no habían participado.

Y, sin embargo, mientras los miembros del congreso sacudían la cabeza y se confesaban incapaces de resolver el misterio, uno de ellos creyó descubrir algo raramente familiar en la efigie y los jeroglíficos, y al fin, no sin reticencia, confesó lo que sabía. Este hombre era el hoy desaparecido William Channing Webb, profesor de antropología en la Universidad de Princeton y explorador de bastante renombre.

Cuarenta y ocho años antes el profesor Webb había recorrido Groenlandia e Islandia en busca de ciertas inscripciones rúnicas que hasta ese entonces no había podido descubrir. En la costa occidental de Groenlandia se había encontrado con una tribu degenerada de esquimales, cuya religión, un culto demoníaco curioso, lo había impresionado sobremanera por su faz deliberadamente sanguinaria y repulsiva. Era aquella una fe que los otros esquimales ignoraban casi del todo, y a la que se referían estremeciéndose. Databa, decían, de épocas muy antiguas, anteriores al nacimiento del mundo. Junto a ritos anónimos y sacrificios humanos había invocaciones de origen tradicional dirigidas a un demonio supremo o tornasuk. El profesor Webb había oído esa invocación en boca de un viejo angekok, o brujo sacerdote, y la había transcrito fonéticamente, hasta donde era posible, en caracteres romanos. Pero lo que ahora parecía importante era el fetiche adorado en ese culto, y alrededor del cual bailaban los esquimales cuando la aurora boreal brillaba muy por encima de los acantilados de hielo. Era, declaró el profesor, un tosco bajorrelieve de piedra con una figura horrible y algunos caracteres misteriosos. Creía recordar que se parecía, por lo menos en todos los rasgos esenciales, a la criatura bestial que ahora estaban examinando.

Este relato, recibido con asombro y sorpresa por los miembros del

—

congreso, pareció excitar al inspector Legrasse, que abrumó al profesor a preguntas. Habiendo copiado una invocación recitada por uno de los oficiantes del pantano, rogó al profesor Webb que tratase de recordar las sílabas recogidas en Groenlandia. Siguió una comparación exhaustiva de todos los detalles y un instante de sombrío silencio cuando el profesor y el detective convinieron en la virtual identidad de las frases. He aquí, en sustancia (la división de las palabras fue establecida de acuerdo con las pausas tradicionales observadas por los oficiantes), lo que el brujo esquimal y los sacerdotes de Luisiana habían cantado a sus ídolos:

Ph'nglui mglw'nafh Cthulhu R'lyeh wgah'nagl fhtagn.

Legrasse había tenido más suerte que el profesor Webb, pues varios prisioneros le habían revelado el sentido de esas palabras. Era algo así:

En su casa de R'lyeh el fallecido Cthulhu espera soñando.

Y entonces, respondiendo a un ruego general, el inspector relató minuciosamente su experiencia con los fieles del pantano; veo ahora que mi tío dio gran importancia a esa historia. Tenía cierto parecido con las ensoñaciones más extravagantes de los teósofos y los creadores de mitos, y revelaba una asombrosa imaginación de carácter cósmico que nadie hubiese esperado entre parias y vagabundos.

El 1° de noviembre de 1907 la policía de Nueva Orleáns había recibido un alarmado mensaje de la región pantanosa del Sur. Los colonos, gente primitiva, pero de buen natural, descendientes en su mayor parte de Laffite, eran presas del pánico a causa de algo desconocido que había invadido la región durante la noche. Se trataba en apariencia de un culto vudú, pero de una especie más terrible que todo lo que ellos conocían. Desde que el malévolo tamtam había comenzado a sonar incesantemente en aquellos bosques oscuros donde nadie osaba aventurarse, habían desaparecido varias mujeres y niños. Se habían oído gritos irracionales, chillidos desgarradores y cantos lúgubres, y unas llamas diabólicas habían bailado en la espesura. Los vecinos, añadía el aterrorizado mensajero, no podían soportarlo.

En las primeras horas de la tarde veinte policías partieron en dos carricoches y un automóvil, guiados por el tembloroso colono. Cuando el camino se hizo intransitable abandonaron los vehículos y durante varios kilómetros chapotearon en silencio a través de los espesos bosques de cipreses donde nunca penetraba la luz del día.

Raíces tortuosas y nudos malignos de musgo español retardaban la marcha, y de vez en cuando una pila de piedras húmedas o los fragmentos de una pared en ruinas hacían más depresiva aquella atmósfera que los árboles deformados y las colonias de hongos contribuían a crear. Al fin apareció un miserable conjunto de chozas, y los histéricos colonos corrieron a agruparse alrededor de las vacilantes linternas. El apagado golpear de los tamtams se oía débilmente a lo lejos, la brisa traía muy de cuando en cuando un chillido que helaba la sangre. Un resplandor rojizo parecía filtrarse por entre el follaje pálido, más allá de las interminables avenidas de la noche selvática. A pesar de su repugnancia a quedarse nuevamente solos, todos los habitantes del lugar se negaron a avanzar un solo paso hacia la escena del culto maldito, de modo que el inspector Legrasse y sus diecinueve colegas tuvieron que aventurarse sin guías por aquellas negras arcadas de horror donde ninguno de ellos había puesto el pie.

La región en que ahora entraba la policía tenía tradicionalmente muy mala fama, y en su mayor parte no había sido explorada por hombres blancos. Algunas leyendas se referían a un lago secreto en que vivía una colosal e informe criatura, algo parecida a un pólipo y de ojos fosforescentes, y, según los colonos, unos demonios de alas de murciélago salían a medianoche de sus cavernas para adorar al monstruo. Afirmaban que éste estaba allí desde antes que La Salle, de los indios, y aun de las bestias y pájaros del bosque. Era una verdadera pesadilla, y verlo significaba la muerte. Pero se aparecía en sueños a los hombres, y eso bastaba para que éstos se mantuviesen alejados. La orgía vudú se desarrollaba en los límites extremos del área aborrecida, pero aun así el emplazamiento era bastante malo, y eso quizá había aterrorizado a los colonos más que los chillidos o incidentes.

Sólo la poesía o la locura podían haber reproducido los ruidos que oyeron los hombres de Legrasse mientras atravesaban lentamente el sombrío pantano, acercándose a la luz rojiza y a los apagados tamtams. Hay una cualidad vocal propia de las bestias; y nada más terrible que oír una de ellas cuando el órgano de donde proviene debería emitir otra. Una furia animal y una licencia orgiástica se exacerbaban allí hasta alcanzar alturas demoníacas con gritos y aullidos extáticos que reverberaban en los bosques tenebrosos como ráfagas pestilentes surgidas de los abismos del infierno. De vez en cuando cesaban los gritos y lo que parecía un coro de voces roncas entonaba la odiosa melopea1:

Ph'nglui mglw'nafh Cthulhu R'lyeh wgah'nagl fhtagn.

Por fin los hombres llegaron a un sitio donde el bosque era menos denso, y se encontraron de pronto en el lugar mismo de la escena. Cuatro trastabillaron, un quinto perdió el conocimiento, y otros dos lanzaron un grito de horror que, por suerte, fue apagado por el tumulto salvaje de la orgía. Legrasse roció con agua pantanosa el rostro del hombre desvanecido, y luego todos contemplaron el espectáculo fascinados por el horror.

En un claro natural del pantano se alzaba una isla verde de tal vez un acre de extensión, desprovista de árboles y bastante seca. Allí saltaba y se retorcía una horda de anormalidades humanas más indescriptibles que cualquiera de las que hubiese podido pintar un Sime o un Angarola. Sin ropas, esta híbrida muchedumbre bramaba, rugía y se contorsionaba alrededor de una hoguera circular. De vez en cuando se abrían las cortinas de fuego y se podía distinguir en el centro un bloque de granito de unos dos metros y medio de alto, en cuya cima, incongruente por su pequeñez, se alzaba la funesta estatuita. En diez cadalsos instalados a intervalos regulares en un ancho círculo que rodeaba la hoguera, con el monolito como centro, colgaban con la cabeza hacia abajo los cuerpos extrañamente mutilados de los desaparecidos colonos. Dentro de este círculo saltaba y rugía el anillo de fieles, moviéndose de izquierda a derecha en una bacanal interminable entre el círculo de cadáveres y el círculo de fuego.

Pudo haber sido sólo la imaginación o pudo haber sido un simple eco, pero uno de los hombres, un impresionable español, creyó oír que las invocaciones eran seguidas por unas respuestas antifonales que procedían de un lejano y sombrío lugar, situado en lo más profundo de aquel bosque de leyenda. Este hombre, Joseph D. Gálvez, a quien más tarde encontré e interrogué, era desbordantemente imaginativo. Llegó a decir que había oído el débil golpear de unas grandes alas y que había vislumbrado unos ojos luminosos y una enorme masa blanca detrás de los árboles más lejanos. Pero creo que estaba demasiado influido por las supersticiones locales.

La inactividad de los hombres paralizados fue comparativamente de poca duración. El deber venció pronto todas las dudas, y aunque los celebrantes debían de llegar al centenar, la policía, confiada en sus armas de fuego, irrumpió en medio de la horda. Durante cinco minutos el caos y el tumulto fueron indescriptibles. Hubo furiosos golpes, disparos y huidas. Pero finalmente Legrasse pudo contar cuarenta y siete prisioneros, a los que obligó a vestirse rápidamente, y que rodeó de policías. Cinco de los celebrantes habían muerto, y otros dos, muy malheridos, fueron transportados por sus cómplices en improvisadas parihuelas. La imagen del monolito fue sacada con todo cuidado y llevada por Legrasse.

Examinados en el cuartel de la policía, luego de un viaje agotador, los prisioneros resultaron ser mestizos de muy baja ralea, y mentalmente débiles. Eran en su mayor parte marineros, y había algunos negros y mulatos, procedentes casi todos de las islas de Cabo Verde, que daban un cierto matiz vudú a aquel culto heterogéneo. Pero no se necesitaron muchas preguntas para comprobar que se trataba de algo más antiguo y profundo que un fetichismo africano. Aunque degradados e ignorantes, los prisioneros se mantuvieron fieles, con sorprendente consistencia, a la idea central de su aborrecible culto.

Adoraban, dijeron, a los Grandes Antiguos que eran muy anteriores al hombre y que habían llegado al joven mundo desde el cielo. Esos Antiguos se habían retirado ahora al interior de la tierra y al fondo del mar, pero sus cadáveres se habían comunicado en sueños con el primer hombre, quien inventó un culto que nunca había muerto. Este era ese culto, y los prisioneros dijeron que había existido siempre y que siempre existiría, ocultándose en lejanías desiertas y lugares retirados hasta que el gran sacerdote Cthulhu saliese de su sombría morada en la ciudad submarina de R'lyeh para reinar otra vez sobre la Tierra. Algún día vendría, cuando los astros ocuparan una determinada posición; y el culto secreto estaría allí, esperándolo.

Mientras tanto no podían decir nada más. Se trataba de un secreto que ni la tortura podría arrancarles. La humanidad no era lo único consciente en la Tierra, pues había unas formas que emergían de la sombra para visitar a sus escasos fieles. Pero éstas no eran los Grandes Antiguos. Ningún ser humano había visto a los Antiguos. El ídolo de piedra representaba al gran Cthulhu, pero nadie podía decir si los otros eran o no como él. Nadie era capaz de descifrar ahora la antigua escritura; muchas cosas se transmitían oralmente. La invocación ritual no era el secreto. Éste no se comunicaba nunca en voz alta. El canto significaba: "En su casa de R'lyeh el fallecido Cthulhu espera soñando".

Sólo dos de los prisioneros fueron juzgados bastante cuerdos y se les ahorcó; el resto fue enviado a diversas instituciones. Todos negaron haber participado en los crímenes rituales, y afirmaron que los culpables de aquellas muertes eran los Alas-Negras que habían venido hasta ellos desde su refugio inmemorial en el bosque encantado. Pero nada coherente se pudo saber de aquellos aliados misteriosos. Lo que la policía logró obtener salió en su mayor parte de un viejísimo mestizo llamado Castro, quien pretendía haber tocado puertos distantes y hablado con los jefes inmortales del culto en las montañas de China.

El viejo Castro recordaba fragmentos de odiosas leyendas que empequeñecían las especulaciones de los teósofos y hacían de nuestro mundo algo reciente y fugaz. En ciclos muy lejanos otros seres habían gobernado la Tierra. Habían vivido en grandes ciudades, y sus vestigios podían encontrarse aún -le habían dicho a Castro los inmortales de China- en unas piedras ciclópeas de algunas islas del Pacífico. Habían muerto muchísimo antes de la aparición del hombre, pero había artes que podrían revivirlos cuando los astros volvieran a ocupar su justa posición en los cielos de la eternidad. Estos seres, indudablemente, procedían de las estrellas y habían traído sus imágenes con ellos.

Estos Grandes Antiguos, continuó Castro, no eran de carne y hueso. Tenían forma -¿no lo probaba acaso esta imagen estelar?-, pero esa forma no era material. Cuando las estrellas eran propicias iban de mundo en mundo a través del cielo; pero cuando eran desfavorables, no podían vivir. Pero aunque ya no viviesen, no habían muerto en realidad. Yacían todos en casas de piedra en la gran ciudad de R'lyeh, preservada por los sortilegios del gran Cthulhu para el día que las estrellas y la Tierra pudiesen recibir su gloriosa resurrección. Pero en esa época alguna fuerza exterior debía ayudar a la liberación de sus cuerpos. Los conjuros que impedían que se descompusieran impedían también que se moviesen, y los Antiguos tenían que contentarse con yacer y pensar en la oscuridad mientras transcurrían millones de años. Conocían todo lo que ocurría en el mundo, pues su lenguaje consistía en la transmisión del pensamiento. En ese mismo instante hablaban en sus tumbas. Cuando, luego de un caos infinito, aparecieron los primeros hombres, los Grandes Antiguos hablaron a los más sensibles moldeándoles los sueños.

Aquellos primeros hombres, murmuró Castro, establecieron el

---

culto con que se adoraba a los ídolos de los Grandes Antiguos; ídolos traídos de estrellas oscuras en una época infinitamente lejana. Ese culto no moriría hasta que las estrellas volvieran a ser favorables. Los sacerdotes sacarían entonces al gran Cthulhu de su tumba para que reviviese a sus vasallos y volviera a asumir su reinado en la Tierra. Ese tiempo sería fácil de conocer, pues entonces la humanidad se parecería a los Grandes Antiguos: salvaje y libre, más allá del bien y del mal, sin moral y sin ley. Y todos los hombres gritarían y matarían, y gozarían alegremente. Los Antiguos, liberados, enseñarían nuevos modos de gritar y matar y gozar, y el mundo entero ardería en un holocausto de libertad y éxtasis. Mientras tanto, el culto, con apropiados ritos, debía conservar el recuerdo de aquellos días antiguos y presagiar su retorno.

En los primeros tiempos algunos hombres escogidos habían hablado en sueños con aquellos seres, pero luego algo había pasado. La gran ciudad de piedra de R'lyeh, con sus monolitos y sepulcros, se había hundido bajo las olas, y las aguas de los abismos, con ese misterio primigenio en que nadie había pensado ni siquiera en penetrar, habían interrumpido esas citas espectrales. Pero los recuerdos no morían, y los altos sacerdotes afirmaban que cuando los astros fuesen favorables la ciudad volvería a la superficie. Entonces los viejos espíritus de la Tierra, mohosos y sombríos, saldrían de sus subterráneos y propagarían los rumores recogidos allá, en olvidados fondos del océano. Pero de ellos el viejo Castro no se atrevía a hablar. Se interrumpió de pronto y ni la persuasión ni las sutilezas pudieron arrancarle otras informaciones. Tampoco quiso mencionar, curiosamente, el tamaño de los Antiguos. En cuanto al culto, afirmó que su centro debía encontrarse en los desiertos intransitados de Arabia, donde Irem, la ciudad de los Pilares, sueña aún intacta y secreta. No tenía relación alguna con la brujería europea y sólo era conocido por sus miembros. Ningún libro aludía a él, aunque los chinos inmortales decían que en el Necronomicón del árabe loco Abdul Alhazred había un sentido oculto que el iniciado podía interpretar de muy diversas maneras, especialmente en el tan discutido dístico:

No está muerto quien puede yacer eternamente, y en épocas extrañas hasta la muerte puede morir.

Legrasse, profundamente impresionado, y no poco intrigado, había buscado sin éxito las filiaciones históricas del culto. Castro, aparentemente, había dicho la verdad al afirmar que era un secreto.

Las autoridades de la Universidad de Tulane no pudieron arrojar luz alguna sobre el culto o la imagen, y ahora recurría a las mayores autoridades y se encontraba nada menos que con el episodio de Groenlandia del profesor Webb.

El ferviente interés que despertó el relato de Legrasse, corroborado por la presencia de la estatuita, tuvo algún eco en las cartas que intercambiaron luego los miembros del congreso; pero apenas hay alguna mención en el informe oficial. La prudencia es preocupación primordial de aquellos que se enfrentan a menudo a la charlatanería y la impostura. Legrasse prestó durante un tiempo la estatua al profesor Webb, pero a la muerte de este último le fue devuelta, y está desde entonces en su casa. Allí la he visto no hace mucho tiempo. Es de veras algo estremecedor, e indiscutiblemente parecida a la escultura labrada en sueños por el joven Wilcox.

No me asombró que mi tío se hubiese excitado con el relato del joven. ¿Qué pudo pensar al saber, ya enterado de la información recogía por Legrasse, que un joven sensible no sólo había soñado la figura y los jeroglíficos de las imágenes del pantano y de Groenlandia, sino que también había oído en sueños tres de las palabras de la fórmula repetida por los maestros de Luisiana y los diabólicos esquimales? Era natural que el profesor Angell hubiese iniciado instantáneamente una minuciosa investigación, aunque yo en mi fuero interno sospechaba que el joven Wilcox había oído hablar del culto, y había inventado una serie de sueños para acrecentar el misterio ante los ojos de mi tío. El relato de los otros sueños y los recortes coleccionados por el profesor parecían corroborar la historia del joven; pero mi bien fundado racionalismo y la total extravagancia del asunto me llevaron a adoptar las conclusiones que estimé más razonables. De modo que luego de estudiar otra vez el manuscrito y comparar las notas teosóficas y antropológicas con la descripción del culto que había hecho Legrasse, viajé a Providence para ver al escultor e increparle el haberse burlado de tal modo de un sabio anciano.

Wilcox vivía aún, solo, en el Fleur de Lys de la Calle Thomas, desagradable imitación victoriana de la arquitectura bretona del siglo XVII. La fachada de estuco del hotel lucía ostentosamente entre las encantadoras casas coloniales y a la sombra del más hermoso campanario georgiano que pudiera verse en Norteamérica. Encontré a Wilcox en sus habitaciones, sumido en su labor, y comprendí en seguida, por las piezas que lo rodeaban, que su genio era profundo y auténtico.

Creo que durante un tiempo Wilcox figurará entre los grandes decadentes; pues ha cristalizado en arcilla, y reflejará un día en el mármol, esas pesadillas y fantasías evocadas en prosa por Arthur Machen y que Clark Ashton Smith ha hecho visibles en versos y pinturas.

Moreno, frágil y de aspecto un poco descuidado, Wilcox se volvió lánguidamente y sin dejar su silla me preguntó qué deseaba. Cuando le dije quién era, manifestó cierto interés, pues mi tío había excitado su curiosidad al examinar sus raros sueños, aunque sin expresar las razones de ese examen. Sin sacarlo de su ignorancia, traté prudentemente de hacerlo hablar.

Poco tiempo me bastó para convencerme de que era absolutamente sincero; hablaba de sus sueños de un modo inequívoco. Esos sueños, y su residuo subconsciente, habían influido profundamente en su arte, y me mostró una estatua mórbida cuyo modelado me estremeció, casi, por la fuerza de su oscura sugestión. No recordaba haber visto el original excepto en el bajorrelieve creado durante un sueño, pero los contornos se habían formado insensiblemente bajo sus manos. Era, sin duda, la forma gigantesca de la que había hablado en su delirio. Comprobé muy pronto que no sabía nada del culto, salvo lo que el constante interrogatorio de mi tío había dejado escapar, y traté otra vez de concebir de qué modo podía haber recibido esas impresiones sobrenaturales.

Hablaba de sus sueños de un modo extrañamente poético, haciéndome ver con terrible claridad la ciudad ciclópea de piedra verde y musgosa -cuya geometría, añadió curiosamente, era totalmente errónea-, y oí otra vez con un temor expectante el subterráneo llamado mental: Cthulhu fhtagn, Cthulhu fhtagn.

Esas palabras figuraban en la temible invocación que evocaba el sueño-vigilia de Cthulhu en su bóveda de piedra de R'lyeh, y a pesar de mis racionales ideas me sentí profundamente perturbado. Wilcox, era indudable, había oído hablar casualmente del culto, y lo había olvidado en seguida en la masa de las lecturas y concepciones igualmente fantásticas. Más tarde, en virtud de su impresionable carácter, el culto había encontrado un modo de expresión subconsciente en los sueños, el bajorrelieve de arcilla y la estatua que yo estaba ahora contemplando. De modo que la superchería había sido involuntaria. El joven tenía unos modales un poco afectados, y un poco vulgares, que me desagradaban de veras; pero yo ya estaba dispuesto a admitir tanto su genio como su honestidad. Me despedí amablemente, y le deseé todo el éxito que su talento prometía.

El asunto del culto continuó fascinándome y a veces imaginaba poder adquirir un gran renombre investigando su origen y relaciones. Visité Nueva Orleáns, hablé con Legrasse y otros de los que habían participado en aquella vieja expedición, examiné la estatuita y hasta interrogué a los prisioneros que todavía vivían. El viejo Castro, por desgracia, había muerto hacía varios años. Lo que escuché entonces de viva voz, aunque no fue más que una confirmación detallada de los escritos de mi tío, acrecentó mi interés, y tuve la seguridad de estar sobre la pista de una religión muy antigua y secreta cuyo descubrimiento me convertiría en un antropólogo famoso. Mi actitud era aún entonces absolutamente materialista, como aún quisiera que lo fuese, y por una inexplicable perversidad mental rechacé la coincidencia de los sueños y los recortes coleccionados por el profesor Angell.

Hubo algo, sin embargo, que comencé a sospechar y que ahora creo saber: la muerte de mi tío no fue nada natural. Cayó al suelo en la colina, en una de las estrechas callejuelas que partían de unos muelles donde abundaban los mestizos extranjeros, luego del descuidado empujón de un marinero de tez oscura. Yo no había olvidado que los oficiales de Luisiana se distinguían por la mezcla de sangres y sus intereses marinos, y no me hubiera sorprendido conocer la existencia de agujas venenosas y métodos criminales secretos tan faltos de piedad como aquellas creencias y ritos misteriosos. Legrasse y sus hombres, es cierto, no habían sido molestados; pero en Noruega acaba de morir un marino que veía cosas. ¿No pudieron haber llegado a oídos siniestros las investigaciones realizadas por mi tío luego de encontrarse con el escultor? Creo hoy que el profesor Angell murió porque sabía o quería saber demasiado. Es posible que me espere un fin semejante, pues yo también he aprendido mucho.

Capítulo 3

La locura del mar

Si el cielo decidiese algún día acordarme un insigne favor, borraría totalmente de mi memoria el descubrimiento que hice, por simple casualidad, al echar una ojeada a una hoja de periódico que recubría un estante. Era un viejo número del Boletín de Sidney del 18 de abril de 1925, con el cual no hubiese podido dar en mi vida cotidiana. Había pasado inadvertido hasta para la agencia de recortes que había estado coleccionando ávidamente durante esa época materiales para mi tío. Había yo casi abandonado mis investigaciones cerca de lo que el profesor llamaba el "culto de Cthulhu" y me encontraba de visita en casa de un docto amigo de Patterson, Nueva Jersey, conservador del museo local y mineralogista de renombre. Examinando un día los ejemplares de reserva, amontonados en desorden en los estantes de una de las salas del fondo del museo, mi mirada se detuvo en la rara ilustración de uno de los periódicos extendido bajo las piedras. Era el Boletín de Sidney que he mencionado. Mi amigo tenía corresponsales en todos los países extranjeros imaginables. La imagen era una fotografía en sepia de una odiosa estatuita de piedra casi igual a la que Legrasse había encontrado en el pantano.

Despojé vivamente a la hoja de su precioso contenido, leí el artículo con cuidado y lamenté su brevedad. Lo que sugería, sin embargo, era de suma importancia para mi ya vacilante búsqueda. Arranqué cuidadosamente la noticia con el propósito de ponerme en seguida en acción. He aquí el contenido:

Misterioso barco a la deriva rescatado en alta mar

El Vigilant arribó remolcando a un yate neozelandés armado. Un muerto y un sobreviviente a bordo. Relatan combates furiosos y muertes en alta mar. Marinero rescatado se niega a dar detalles de la misteriosa experiencia. Ídolo extraño hallado en su poder. Se iniciará una investigación.

El carguero Vigilant de la compañía Morrison, procedente de Valparaíso, arribó esta mañana a su puesto de amarre en la Bahía de Darling remolcando al yate Alert de Dunedin N.2 con serias averías, pero dotado aún de un poderoso armamento. El yate fue avistado el 12 de abril a los 34°21' de latitud sur, y a los 152°17' longitud oeste, con un muerto y un sobreviviente a bordo.

El Vigilant dejó Valparaíso el 25 de marzo, y el 2 de abril fue alejado considerablemente de su curso, en dirección sur, por excepcionales tormentas y enormes olas. El 12 de abril avistó el buque a la deriva. En apariencia había sido abandonado, pero luego descubrió que llevaba un sobreviviente en estado de delirio, y un hombre muerto por lo menos desde hacía una semana.

El sobreviviente apretaba entre sus manos una piedra horrible de origen desconocido, de unos treinta centímetros de alto, cuyo origen los profesores de la Universidad de Sidney, la Sociedad Real y el museo de la Calle College no pudieron determinar, y que el hombre afirmaba haber descubierto en la cabina del yate, en un altarcito rudimentario.

Este hombre, ya recobrado, relató una historia de piratería y violencia sumamente extraña. Se trata de un noruego llamado Gustaf Johansen, de cierta cultura, segundo oficial en la goleta Emma de Auckland, que partió para el Callao el 20 de febrero, con una tripulación de 20 hombres.

El Emma, dijo, fue retrasado y alejado considerablemente de su ruta por la tormenta del 1° de marzo, y el 22 del mismo mes a los 49°51' de latitud sur y a los 128°54' de longitud este encontró al Alert conducido por una tripulación de canacos2 y mestizos de aspecto patibulario. El capitán Collins no obedeció la orden de virar, y la tripulación del yate abrió fuego sin aviso con una batería de cañones de bronce particularmente pesada.

Los marineros del Emma, dijo el sobreviviente, se resistieron con valentía, y aunque la goleta comenzó a hundirse, pues varios proyectiles habían alcanzado la línea de flotación, lograron acercarse al enemigo y lo abordaron poniéndose a luchar en cubierta. Como los tripulantes del yate combatían de un modo torpe y cruel, tuvieron que matarlos a todos.

Tres de los hombres del Emma, incluso el capitán Collins y el primer oficial Gree, murieron; y los ocho restantes, bajo el mando del segundo oficial, Johansen, se pusieron a navegar en la dirección seguida originalmente por el yate, a fin de descubrir por qué motivo se les había ordenado cambiar de rumbo.

Al día siguiente desembarcaron en una islita que no figuraba en ningún mapa. Seis de los hombres murieron allí, aunque Johansen se mostró particularmente reticente a este respecto y dijo que habían caído en una grieta entre las rocas.

Más tarde, parece, Johansen y sus compañeros volvieron al yate y trataron de hacerlo navegar, pero fueron vencidos por la tormenta del 2 de abril.

Desde ese día hasta el 12 de abril, fecha en que fue recogido por el Vigilant, Johansen no recuerda nada, ni siquiera cuándo murió su compañero William Briden. La muerte no se debió aparentemente a otra causa que a privaciones.

Cables procedentes de Dunedin informan que el Alert era muy conocido como barco de carga y tenía muy mala reputación. Pertenecía a un curioso grupo de mestizos cuyas frecuentes incursiones nocturnas a los bosques atraían no poca curiosidad. Luego de la tormenta y los temblores de tierra del 1° de marzo se había hecho apresuradamente a la vela.

Nuestro corresponsal en Auckland afirma que el Emma y sus tripulantes gozaban de una excelente reputación y que Johansen es un hombre digno de toda confianza.

El almirantazgo va a iniciar una investigación sobre este asunto, durante la cual se tratará de convencer a Johansen para que hable más libremente.

Esto era todo, además de la diabólica imagen, ¡pero qué pensamientos despertó en mi mente! Estas nuevas y preciosas noticias acerca del culto de Cthulhu probaban que éste tenía fieles seguidores tanto en el mar como en la tierra. ¿Qué motivo había impulsado a la híbrida tripulación a ordenar el regreso del Emma mientras navegaban con su ídolo? ¿Qué isla desconocida era aquella en que habían muerto seis de los tripulantes, acerca de la cual el contramaestre Johansen se mostraba tan reticente? ¿Qué resultado había tenido la investigación del almirantazgo y qué se sabía del odioso culto en Dunedin? Y lo más extraordinario, ¿qué profunda y natural relación de hechos era esta que daba una significación maligna e innegable a los sucesos tan cuidadosamente anotados por mi tío?

El 1° de marzo -el 28 de febrero de acuerdo con el huso horario internacional- se habían producido una tormenta y un terremoto. El Alert y su malencarada tripulación habían dejado rápidamente Dunedin como obedeciendo un imperioso llamado, y en el otro extremo de la Tierra poetas y artistas habían comenzado a soñar con una ciclópea ciudad submarina mientras un joven escultor modelaba, en sueños, la forma del terrible Cthulhu. El 23 de marzo la tripulación del Emma desembarcaba en una isla desconocida, perdiendo allí seis hombres; y en esa misma fecha los sueños de algunas personas alcanzaron su mayor intensidad y se oscurecieron con el terror de un monstruo maligno y gigantesco, mientras un arquitecto se volvía loco y un escultor caía presa del delirio. ¿Y qué pensar de esa tormenta del 2 de abril, fecha en que cesaron todos los sueños de la ciudad sumergida, y Wilcox salió indemne de aquella fiebre extraña? ¿Qué pensar igualmente de aquellas alusiones del viejo Castro a los Antiguos venidos de las estrellas y a su reino próximo, y a su culto, y a su gobierno de los sueños? ¿Estaba balanceándome en el borde de un abismo de horrores cósmicos, insoportables para un ser humano? En todo caso no afectaron sino a la mente, pues el 2 de abril puso término de algún modo a la monstruosa amenaza que había sitiado el alma de los hombres.

Aquella tarde, luego de haber pasado el día enviando telegramas y haciendo urgentes preparativos, me despedí de mi huésped y tomé un tren para San Francisco. En menos de un mes llegué a Dunedin, donde, sin embargo, descubrí que se sabía muy poco de los extraños miembros del culto que habían vivido en las posadas marineras. El vagabundeo en los muelles era asunto demasiado común, y no valía la pena mencionarlo; pero algo oí a propósito de una expedición terrestre realizada por estos mestizos durante la cual se escuchó el débil golpear de unos tambores y se vio un fuego rojo en las colinas lejanas.

En Auckland me enteré de que Johansen había vuelto a Sidney, donde acababa de sometérsele a un inútil interrogatorio, con el pelo totalmente cano, y que luego de vender su casita de la Calle West había regresado con su mujer a su viejo hogar, en Oslo. De su aventura no dijo a sus amigos más de lo que ya sabían los oficiales del almirantazgo, y todo lo que pudieron hacer fue darme su nueva dirección.

Volví entonces a Sidney y hablé sin éxito con gente de mar y miembros de la corte. Vi el Alert en Circular Quay, en la bahía de Sidney, pero nada me reveló su casco. La imagen en cuclillas, de cabeza de pulpo, cuerpo de dragón, alas escamosas y pedestal con jeroglíficos, se conservaba en el museo de Hyde Park. La examiné con cuidado y descubrí que estaba exquisitamente labrada, y tenía el mismo profundo misterio, terrible antigüedad y sobrenatural rareza de material que el ejemplar más pequeño de Legrasse. Para los geólogos, me dijo el conservador del museo, la estatua era un enigma monstruoso, y juraban que no había en el mundo una roca parecida. Recordé, estremeciéndome, lo que había dicho el viejo Castro a Legrasse a propósito de los primeros Grandes Antiguos: "Vinieron de las estrellas y trajeron consigo sus imágenes".

Profundamente perturbado resolví visitar al oficial Johansen en Oslo. Llegué a Londres, me reembarqué en seguida para la capital de Noruega, y un día de otoño eché pie a tierra en un limpio desembarcadero, a la sombra del Egeberg.

La casa de Johansen, descubrí, estaba situada en la Ciudad Vieja del rey Harold Haardrada, que había conservado el nombre de Oslo durante los siglos en que la ciudad principal adoptara el nombre de Cristianía. Hice el corto viaje en un taxi y golpeé con el corazón tembloroso la puerta de una casa vieja y limpia de frente enyesado. Salió a recibirme una mujer de cara triste, vestida de negro, quien me comunicó en un inglés vacilante que Gustav Johansen no era ya de este mundo.

No había sobrevivido mucho a su regreso, pues su aventura marina de 1925 le había destrozado la salud. La mujer no sabía más que el público, pero Johansen había dejado un largo manuscrito, que trataba "asuntos técnicos", escrito en inglés con la intención manifiesta de que su esposa no lo entendiese. Mientras paseaba por una callejuela, cerca del muelle de Gothenburg, un atado de viejos periódicos, salido de la ventana de un altillo, lo golpeó y lo hizo caer. Dos marineros indios lo ayudaron en seguida a levantarse, pero el hombre murió antes de que llegase la ambulancia. Los médicos, incapaces de precisar la causa del deceso, lo habían atribuido a un malestar del corazón y a un debilitamiento general.

Sentí entonces que un oscuro terror, que no me abandonaría hasta que a mí también me fuese acordado el eterno reposo, "accidentalmente" o por otro motivo, me traspasaba los huesos. Habiendo persuadido a la viuda de que mi conocimiento de esos "asuntos técnicos" me autorizaba a poseer el manuscrito, me llevé el documento y comencé a leerlo en el barco que me conducía a Londres.

Era un relato simple, desordenado; un diario de mar redactado de memoria en que se intentaba recoger día a día aquel último y terrible viaje. No lo transcribiré literalmente a causa de sus oscuridades y redundancias, pero mi resumen bastará para explicar por qué el rumor de las aguas contra los costados del buque se me hizo tan intolerable que tuve que taponarme los oídos.

Johansen, gracias a Dios, no lo sabía todo, aunque vio la ciudad y el monstruo; pero yo ya no podré dormir en paz mientras recuerde el horror que espera emboscado del otro lado de la vida, en el tiempo y el espacio, y aquellas malditas criaturas que vinieron de los astros más antiguos y que sueñan en las profundidades del mar, conocidas y favorecidas por un culto de pesadilla decidido a lanzarlas sobre nuestro planeta cada vez que algún terremoto vuelva a elevar la monstruosa ciudad de piedra al aire y la luz del sol.

El viaje de Johansen había comenzado tal como lo declarara él mismo ante el almirantazgo. El Emma había dejado Auckland en lastre el 20 de febrero, y sintió todo el impacto de esa tempestad consecutiva al terremoto que arrancó a los abismos marinos el horror que pobló los sueños de los hombres. Recobrado el gobierno, el buque navegó favorablemente hasta encontrarse con el Alert el 22 de marzo (y sentí la pena del oficial al describir el bombardeo y el hundimiento de su nave). De los mestizos del yate, Johansen hablaba con un horror realmente significativo. Había algo abominable en ellos que hacía que su destrucción pareciese casi un deber, y Johansen se sorprende ante la acusación de crueldad que contra él y sus compañeros hizo la corte. Ya en el yate capturado, Johansen y sus hombres, impulsados por la curiosidad, prosiguen viaje hasta avistar una alta columna de piedra que emerge del océano, y a los 49°9' de latitud oeste, y 126°43' de longitud sur, se encuentran ante una costa barrosa, y una albañilería ciclópea cubierta de algas que no puede ser sino la sustancia tangible del terror supremo del universo: la ciudad muerta de R'lyeh, construida hace millones de años, antes de los comienzos de nuestra historia, por las enormes y espantosas criaturas que descendieron desde unos astros desconocidos. Allí yacen el gran Cthulhu y sus compañeros, ocultos en unas bóvedas verdes y húmedas desde donde envían, luego de incalculables ciclos, pensamientos que aterrorizan a los hombres sensibles y reclaman imperiosamente a los fieles del culto que inicien el peregrinaje de la liberación y la restauración. El oficial Johansen ignoraba todo esto, ¡pero Dios sabe bien que había visto bastante!

Creo que emergió de las aguas sólo la cima de la ciudadela, coronada por un enorme monolito, donde yace el gran Cthulhu. Cuando imagino el tamaño de todo lo que puede esconder el fondo del océano, siento deseos de morir sin esperar ya más. Johansen y sus hombres se sintieron aterrados ante la majestad cósmica de esta húmeda Babilonia habitada por demonios, y debieron sospechar, instintivamente, que no pertenecía ni a éste ni a ningún otro planeta similar. En todas las líneas de la estremecida descripción de Johansen se advierte el mismo pavor; ante el tamaño indescriptible de los bloques de piedra verde, ante la altura vertiginosa del monolito labrado, ante la asombrosa identidad de esas colosales estatuas y bajorrelieves con la rara imagen encontrada en la sentina del Alert.

Sin conocer el futurismo, Johansen describe, al hablar de la ciudad, algo muy parecido a una obra futurista. En vez de referirse a una estructura definida, algún edificio, se reduce a hablar de vastos ángulos y superficies pétreas... superficies demasiado grandes para ser de este mundo, y cubiertas por jeroglíficos e imágenes horribles. Menciono estos ángulos pues me recuerdan los sueños que me relató Wilcox. El joven escultor afirmó que la geometría de la ciudad de sus sueños era anormal, no euclidiana, y que sugería esferas y dimensiones distintas de las nuestras. Ahora un marino ilustrado tenía ante la terrible realidad la misma impresión.

Johansen y sus hombres desembarcaron en la playa de esta monstruosa acrópolis y se treparon, resbalando, por los titánicos y musgosos escalones que ningún ser humano hubiera podido edificar. El sol mismo parecía deformado cuando se lo miraba a través de las miasmas polarizadas que emanaban de esta perversión submarina; una amenaza tortuosa acechaba en esos ángulos desconcertantes donde una segunda mirada descubría una concavidad donde se había creído ver la convexidad.

Todos los exploradores, aun antes de ver algo definido (salvo las rocas, los musgos y las algas) se sintieron presas de un indefinible terror. Todos habrían escapado si no hubiesen temido la burla de los otros, y sólo de mala gana se decidieron a buscar -vanamente, como comprendieron más tarde- algo que sirviese de recuerdo.

Rodríguez, el portugués, fue el primero en llegar a la base del monolito y les gritó a los otros lo que acababa de descubrir. Poco más tarde los hombres contemplaron curiosamente una enorme puerta de piedra labrada con el ya familiar bajorrelieve del pulpo-dragón. Se parecía, dice Johansen, a la enorme puerta de un granero. Todos vieron allí una puerta, ya que estaba encuadrada en un umbral, un dintel y dos montantes, pero nadie pudo decidir si estaba situada horizontalmente, como la puerta de una trampa, o algo inclinada, como la puerta exterior de un altillo. Como lo hubiese dicho Wilcox, la geometría del lugar era errónea. Uno no podía estar seguro de que el mar y el suelo fueran horizontales, de modo que la posición relativa de todo el resto parecía variar fantásticamente.

Briden presionó sobre la piedra en diversos sitios sin resultado. Luego Donovan palpó con delicadeza los bordes, apretando separadamente cada punto. Subió con lentitud a lo largo de la grotesca moldura de piedra -puede decirse que subió si se admite que la puerta no era al fin y al cabo horizontal-, y los hombres se preguntaron cómo una puerta podía ser tan enorme. Al fin, muy suavemente, muy lentamente, la parte superior del panel comenzó a inclinarse hacia adentro, y todos vieron que la piedra se balanceaba.

Donovan se deslizó o trepó de algún modo a lo largo de uno de los montantes, y los hombres se pusieron a observar el curioso retroceso de la puerta monstruosa. En este fantástico mundo de deformaciones prismáticas, la piedra se desplazaba anormalmente en diagonal, despreciando todas las leyes de la materia y la perspectiva.

La abertura mostraba una oscuridad casi material. Estas tinieblas tenían realmente una cualidad positiva, pues ocultaban algunas partes de las paredes interiores que debían ser visibles. Al fin surgió de aquella cárcel milenaria algo así como una humareda que oscureció la luz del sol mientras se elevaba hacia el cielo, empequeñecido y arrogado, con la ayuda de sus alas membranosas. El olor que salía de aquellos abismos recién abiertos era insoportable, y Hawkins, que tenía el oído fino, creyó oír allá abajo un sonido chapoteante e inmundo. Todos escucharon, y todos escuchaban aún cuando el monstruo se hizo visible, babeando y apretando su inmensidad verde y gelatinosa a través de la tenebrosa abertura hasta elevarse pesadamente en el aire corrompido de aquella ciudad de pesadilla.

La letra del pobre Johansen es apenas inteligible en esta parte. De los seis hombres que nunca llegaron al barco, cree que dos murieron simplemente de miedo en aquel instante maldito. El monstruo está más allá de toda posible descripción. No hay lenguaje aplicable a ese abismo de horror inmemorial, a esa pavorosa contradicción de todas las leyes de la materia, la fuerza y el orden cósmicos. Una montaña que caminaba. ¡Dios! ¿Puede extrañar que en el otro lado de la Tierra enloqueciese un gran arquitecto, y que en aquel telepático instante la fiebre devorara al pobre Wilcox? El monstruo de los ídolos, el verde y viscoso demonio venido de otros astros, había despertado para reclamar sus derechos. Las estrellas eran otra vez favorables, y lo que un viejo culto no había podido lograr por su voluntad, un puñado de inocentes marineros lo hacía por accidente. Luego de millones y millones de años el gran Cthulhu era libre otra vez.

Tres hombres fueron barridos por aquellas patas membranosas antes que nadie tuviese tiempo de volverse. Que descansen en paz, si hay algún descanso en el universo. Eran Donovan, Guerrera y Angstrom. Parker resbaló mientras los otros tres sobrevivientes se precipitaban frenéticamente en un escenario infinito de rocas verdosas. Johansen jura que fue absorbido hacia arriba por un ángulo que no debía estar allí; un ángulo agudo que se había comportado como si fuese obtuso. De modo que sólo Briden y Johansen llegaron al bote, y se dirigieron desesperadamente hasta el Alert mientras la montañosa monstruosidad descendía por los escalones de piedra resbaladiza y se detenía, titubeando, a orillas del agua.

Las calderas habían quedado funcionando a pesar de que todos habían bajado a tierra, y bastaron unos pocos segundos de frenéticas corridas entre ruedas y motores para poner en marcha el Alert. Lentamente, entre los horrores distorsionados de esa escena indescriptible, la hélice comenzó a golpear las aguas. Mientras tanto, en la costa mortal, sobre aquellas construcciones que no eran de este mundo, el monstruo gigantesco venido de las estrellas emitía unos gritos inarticulados, como Polifemo al maldecir el veloz navío de Ulises. En seguida, con más audacia que los cíclopes de la leyenda, el gran Cthulhu penetró en las aguas e inició la persecución con golpes que levantaron enormes olas. Briden volvió la vista y enloqueció. Desde entonces rió a intervalos hasta que la muerte lo alcanzó en su cabina mientras Johansen vagaba delirando de un lado a otro.

Pero Johansen no había abandonado la partida. Comprendiendo que el monstruo alcanzaría seguramente el Alert antes de que la presión llegase al máximo, resolvió intentar algo desesperado, y, acelerando los motores, subió rápidamente a la cubierta e hizo girar el timón. En la superficie de las aguas hubo un remolino espumoso, y mientras crecía la presión del vapor, el valiente noruego dirigió el navío contra aquella montaña gelatinosa que se alzaba sobre las sucias espumas como la popa de un galeón demoníaco. La horrible cabeza de pulpo, envuelta en tentáculos, llegaba casi hasta la punta del bauprés3; pero Johansen no retrocedió.

Hubo un estallido como el de un globo que se desinfla, un líquido inmundo como el que surge de un hendido pez luna, una hediondez que el cronista no se atrevió a describir. Durante un instante una nube verde, acre y enceguecedora, envolvió al buque, y un hervor maligno quedó a popa, donde -Dios del cielo- la esparcida plasticidad de aquella entidad celeste estaba recombinándose y recobrando su forma primitiva, mientras el Alert se alejaba más y más, y ganaba velocidad.

Eso fue todo. Desde ese momento Johansen se contentó con meditar sombríamente sobre el ídolo de la cabina y preparar unas pocas comidas para él y su enloquecido compañero, que reía a carcajadas. No trató de dirigir el navío; después de aquel incidente quedaba un gran vacío en su alma. Luego sobrevino la tormenta del 2 de abril, que terminó de nublar su conciencia. Recordaba confusamente infinitos abismos líquidos de espectrales paredes giratorias, vertiginosos desplazamientos por mundos huidizos en la cola de un cometa y saltos convulsivos de las profundidades del mar hasta la luna y luego otra vez hasta el mar, todo envuelto en el coro de carcajadas de las antiguas divinidades y de los verdes demonios del Tártaro, de alas de murciélago.

Luego de esas pesadillas vino el rescate, el Vigilant, el tribunal del almirantazgo, las calles de Dunedin y el largo viaje de retorno a la casa natal, junto al Egeberg. Nada podía contar; pasaría por loco. Lo escribiría todo antes de morir, pero su mujer no debería sospechar nada. La muerte sería para él beneficiosa sólo si borraba los recuerdos.

Tal era el documento que leí. Lo he guardado en la caja de lata junto con el bajorrelieve de arcilla y los papeles del profesor Angell. Incluiré este relato, esta prueba de mi propia cordura donde se ha unido lo que espero que nunca volverá a unirse. He contemplado todo lo que en el universo puede haber de horroroso, y aun los cielos de la primavera y las flores del verano me parecerán desde ahora impregnados de veneno. Pero no creo que viva mucho. Como desaparecieron mi tío y el pobre Johansen, así desapareceré yo. Conozco demasiado y el culto todavía existe.

Cthulhu existe también, supongo, en ese refugio de piedra que le sirve de abrigo desde que el sol era joven. Su ciudad maldita se ha hundido otra vez, pues el Vigilant navegó por aquel lugar después de la tormenta de abril; pero sus ministros en la Tierra bailan aún, y cantan y matan en lugares aislados, alrededor de monolitos de piedra coronados de imágenes. Cthulhu tuvo que haber sido atrapado por los abismos submarinos pues si no el mundo gritaría ahora de horror. ¿Quién conoce el fin? Lo que ha surgido ahora puede hundirse y lo que se ha hundido puede surgir. La abominación espera y sueña en las profundidades del mar, y sobre las vacilantes ciudades de los hombres flota la destrucción. Llegará el día... ¡pero no debo ni puedo pensarlo! Ruego que si no sobrevivo a este manuscrito, mis ejecutores testamentarios cuiden de que la prudencia sea mayor que la audacia e impidan que caiga bajo otros ojos.

El Horror de Dunwich

Capítulo 1

Cuando el que viaja por el norte de la región central de Massachusetts se equivoca de dirección al llegar al cruce de la carretera de Aylesbury nada más pasar Dean's Corners, verá que se adentra en una extraña y apenas poblada comarca. El terreno se hace más escarpado y las paredes de piedra cubiertas de maleza van encajonando cada vez más el sinuoso camino de tierra. Los árboles de los bosques son allí de unas dimensiones excesivamente grandes, y la maleza, las zarzas y la hierba alcanzan una frondosidad rara vez vista en las regiones habitadas. Por el contrario, los campos cultivados son muy escasos y áridos, mientras que las pocas casas diseminadas a lo largo del camino presentan un sorprendente aspecto uniforme de decrepitud, suciedad y ruina. Sin saber exactamente por qué, uno no se atreve a preguntar nada a las arrugadas y solitarias figuras que, de cuando en cuando, se ve escrutar desde puertas medio derruidas o desde pendientes y rocosos prados. Esas gentes son tan silenciosas y hurañas que uno tiene la impresión de verse frente a un recóndito enigma del que más vale no intentar averiguar nada. Y ese sentimiento de extraño desasosiego se recrudece cuando, desde un alto del camino, se divisan las montañas que se alzan por encima de los tupidos bosques que cubren la comarca. Las cumbres tienen una forma demasiado ovalada y simétrica como para pensar en una naturaleza apacible y normal, y a veces pueden verse recortados con singular nitidez contra el cielo unos extraños círculos formados por altas columnas de piedra que coronan la mayoría de las cimas montañosas.

El camino se halla cortado por barrancos y gargantas de una profundidad incierta, y los toscos puentes de madera que los salvan no ofrecen excesivas garantías al viajero. Cuando el camino inicia el descenso, se atraviesan terrenos pantanosos que despiertan instintivamente una honda repulsión, y hasta llega a invadirle al viajero una sensación de miedo cuando, al ponerse el sol, invisibles chotacabras comienzan a lanzar estridentes chillidos, y las luciérnagas, en anormal profusión, se aprestan a danzar al ritmo bronco y atrozmente monótono del horrísono croar de los sapos. Las angostas y resplandecientes aguas del curso superior del Miskatonic adquieren una extraña forma serpenteante mientras discurren al pie de las abovedadas cumbres montañosas entre las que nace.

A medida que el viajero va acercándose a las montañas, repara más en sus frondosas vertientes que en sus cumbres coronadas por altas piedras. Las vertientes de aquellas montañas son tan escarpadas y sombrías que uno desearía que se mantuviesen a distancia, pero tiene que seguir adelante pues no hay camino que permita eludirlas. P asado un puente cubierto puede verse un pueblecito que se encuentra agazapado entre el curso del río y la ladera cortada a pico de Round Mountain, y el viajero se maravilla ante aquel puñado de techumbres de estilo holandés en ruinoso estado, que hacen pensar en un período arquitectónico anterior al de la comarca circundante. Y cuando se acerca más no resulta nada tranquilizador comprobar que la mayoría de las casas están desiertas y medio derruidas y que la iglesia —con el chapitel quebrado— alberga ahora el único y destartalado establecimiento mercantil de toda la aldea. El simple paso del tenebroso túnel del puente infunde ya cierto temor, pero tampoco hay manera de evitarlo. Una vez atravesado el túnel, es difícil que a uno no le asalte la sensación de un ligero hedor al pasar por la calle principal y ver la descomposición y la mugre acumuladas a lo largo de siglos. Siempre resulta reconfortante salir de aquel lugar y, siguiendo el angosto camino que discurre al pie de las montañas, cruzar la llanura que se extiende una vez traspuestas las cumbres montañosas hasta volver a desembocar en la carretera de Aylesbury

Una vez allí, es posible que el viajero se entere de que ha pasado por Dunwich.

Apenas se ven forasteros en Dunwich, y tras los horrores padecidos en el pueblo todas las señales que indicaban cómo llegar hasta él han desaparecido del camino. No obstante ser una región de singular belleza, según los cánones estéticos en boga, no atrae para nada a artistas ni a veraneantes. Hace dos siglos, cuando a la gente no se le pasaba por la cabeza reírse de brujerías, cultos satánicos o siniestros seres que poblaban los bosques, daban muy buenas razones para evitar el paso por la localidad. Pero en los racionales tiempos que corren —silenciado el horror que se desató sobre Dunwich en 1928 por quienes procuran por encima de todo el bienestar del pueblo y del mundo— la gente elude el pueblo sin saber exactamente por qué razón. Quizá el motivo de ello radique —aunque no puede aplicarse a los forasteros desinformados— en que los naturales de Dunwich se han degradado de forma harto repulsiva, habiendo rebasado con mucho esa senda de regresión tan común a

---

muchos apartados rincones de Nueva Inglaterra. Los vecinos de Dunwich han llegado a constituir un tipo racial propio, con estigmas físicos y mentales de degeneración y endogamia bien definidos. Su nivel medio de inteligencia es increíblemente bajo, mientras que sus anales despiden un apestoso tufo a perversidad y a asesinatos semiencubiertos, a incestos y a infinidad de actos de indecible violencia y maldad. La aristocracia local, representada por los dos o tres linajes familiares que vinieron procedentes de Salem en 1692, ha logrado mantenerse algo por encima del nivel general de degeneración, aunque numerosas ramas de tales linajes acabaron por sumirse tanto entre la sórdida plebe que sólo restan sus apellidos como recordatorio del origen de su desgracia. Algunos de los Whateley y de los Bishop siguen aún enviando a sus primogénitos a Harvard y Miskatonic, pero los jóvenes que se van rara vez regresan a las semiderruidas techumbres de estilo holandés bajo las que tanto ellos como sus antepasados nacieron y crecieron.

Nadie, ni siquiera quienes conocen los motivos por los que se desató el reciente horror, puede decir qué le ocurre a Dunwich, aunque las viejas leyendas aluden a idolátricos ritos y cónclaves de los indios en los que invocaban misteriosas figuras provenientes de las grandes montañas rematadas en forma de bóveda, al tiempo que oficiaban salvajes rituales orgiásticos contestados por estridentes crujidos y fragores salidos del interior de las montañas. En 1747, el reverendo Abijah Hoadley, recién incorporado a su ministerio en la iglesia congregacional de Dunwich, predicó un memorable sermón sobre la amenaza de Satanás y sus demonios que se cernía sobre la aldea en el que, entre otras cosas, dijo:

No puede negarse que semejantes monstruosidades integrantes de un infernal cortejo de demonios son fenómenos harto conocidos como para intentar negarlos. Las impías voces de Azazel y de Buzrael, de Belcebú y de Belial, las oyen hoy saliendo de la tierra más de una veintena de testigos de toda confianza. Y hasta yo mismo, no hará más de dos semanas, pude escuchar toda una alocución de las potencias infernales detrás de mi casa. Los chirridos, redobles, quejidos, gritos y silbidos que allí se oían no podían proceder de nadie de este mundo, eran de esos sonidos que sólo pueden salir de recónditas simas que únicamente a la magia negra le es dado descubrir y al diablo penetrar.

No había pasado mucho tiempo desde la lectura de este sermón cuando el reverendo Hoadley desapareció sin que se supiera más de

---

39

él, si bien sigue conservándose el texto del sermón, impreso en Springfield. No había año en que no se oyese y diese cuenta de estrepitosos fragores en el interior de las montañas, y aún hoy tales ruidos siguen sumiendo en la mayor perplejidad a geólogos y fisiógrafos.

Otras tradiciones hacen referencia a fétidos olores en las inmediaciones de los círculos de rocosas columnas que coronan las cumbres montañosas y a entes etéreos cuya presencia puede detectarse difusamente a ciertas horas en el fondo de los grandes barrancos, mientras otras leyendas tratan de explicarlo todo en función del Devil's Hop Yard, una ladera totalmente baldía en la que no crecen ni árboles, ni matorrales ni hierba alguna. Por si fuera poco, los naturales del lugar tienen un miedo cerval a la algarabía que arma en las cálidas noches la legión de chotacabras que puebla la comarca. Afirman que tales pájaros son psicopompos[1] que están al acecho de las almas de los muertos y que sincronizan al unísono sus pavorosos chirridos con la jadeante respiración del moribundo. Si consiguen atrapar el alma fugitiva en el momento en que abandona el cuerpo se ponen a revolotear al instante y prorrumpen en diabólicas risotadas, pero si ven frustradas sus intenciones se sumen poco a poco en el silencio.

Claro está que dichas historias ya no se oyen y no hay quien crea en ellas, pues datan de tiempos muy antiguos. Dunwich es un pueblo increíblemente viejo, mucho más que cualquier otro en treinta millas a la redonda. Al sur aún pueden verse las paredes del sótano y la chimenea de la antiquísima casa de los Bishop, construida con anterioridad a 1700, en tanto que las ruinas del molino que hay en la cascada, construido en 1806, constituyen la pieza arquitectónica más reciente de la localidad. La industria no arraigó en Dunwich y el movimiento fabril del siglo XIX resultó ser de corta duración en la localidad. Con todo, lo más antiguo son las grandes circunferencias de columnas de piedra toscamente labradas que hay en las cumbres montañosas, pero esta obra se atribuye por lo general más a los indios que a los colonos. Restos de cráneos y huesos humanos, hallados en el interior de dichos círculos y en torno a la gran roca en forma de mesa de Sentinel Hill, apoyan la creencia de que tales lugares fueron en otras épocas enterramientos de los indios pocumtuk, aun cuando numerosos etnólogos, obviando la práctica imposibilidad de tan disparatada teoría, siguen empeñados en creer que se trata de restos caucásicos.

Capítulo 2

Fue en el término municipal de Dunwich, en una granja grande y parcialmente deshabitada levantada sobre una ladera a cuatro millas del pueblo y a una media de la casa más cercana, donde el domingo 2 de febrero de 1913, a las 5 de la mañana, nació Wilbur Whateley. La fecha se recuerda porque era el día de la Candelaria, que los vecinos de Dunwich curiosamente observan bajo otro nombre, y, además, por el fragor de los ruidos que se oyeron en la montaña y por el alboroto de los perros de la comarca que no cesaron de ladrar en toda la noche. También cabe hacer notar, aunque ello tenga menos importancia, que la madre de Wilbur pertenecía a la rama degradada de los Whateley. Era una albina de treinta y cinco años de edad, un tanto deforme y sin el menor atractivo, que vivía en compañía de su anciano y medio enloquecido padre, de quien durante su juventud corrieron los más espantosos rumores sobre actos de brujería. Lavinia Whateley no tenía marido conocido, pero siguiendo la costumbre de la comarca no hizo nada por repudiar al niño, y en cuanto a la paternidad del recién nacido la gente pudo —y así lo hizo— especular a su gusto. La madre estaba extrañamente orgullosa de aquella criatura de tez morena y facciones de chivo que tanto contrastaba con su enfermizo semblante y sus rosáceos ojos de albina, y cuentan que se la oyó susurrar multitud de extrañas profecías sobre las extraordinarias facultades de que estaba dotado el niño y el impresionante futuro que le aguardaba.

Lavinia era muy capaz de decir tales cosas, pues de siempre había sido una criatura solitaria a quien encantaba correr por las montañas cuando se desataban atronadoras tormentas y que gustaba de leer los voluminosos y añejos libros que su padre había heredado tras dos siglos de existencia de los Whateley, libros que empezaban a caerse a pedazos de puro viejos y apolillados. En su vida había ido a la escuela, pero sabía de memoria multitud de fragmentos inconexos de antiguas leyendas populares que el viejo Whateley le había enseñado.

De siempre habían temido los vecinos de la localidad la solitaria granja a causa de la fama de brujo del viejo Whateley, y la inexplicable muerte violenta que sufrió su mujer cuando Lavinia apenas contaba doce años no contribuyó en nada a hacer popular el lugar. Siempre solitaria y aislada en medio de extrañas influencias,

Lavinia gustaba de entregarse a visiones alucinantes y grandiosas, a la vez que a singulares ocupaciones. Su tiempo libre apenas se veía reducido por los cuidados domésticos en una casa en que ni los menores principios de orden y limpieza se observaban desde hacía tiempo.

La noche en que Wilbur nació pudo oírse un grito espantoso, que retumbó incluso por encima de los ruidos de la montaña y de los ladridos de los perros, pero, que se sepa, ni médico ni comadrona alguna estuvieron presentes en su llegada al mundo. Los vecinos no supieron nada del parto hasta pasada una semana, en que el viejo Whateley recorrió en su trineo el nevado camino que separaba su casa de Dunwich y se puso a hablar de forma incoherente al grupo de aldeanos reunidos en la tienda de Osborn. Parecía como si se hubiera producido un cambio en el anciano, como si un elemento subrepticio nuevo se hubiese introducido en su obnubilado cerebro transformándole de objeto en sujeto de temor, aunque, a decir verdad, no era persona que se preocupase especialmente por las cuestiones familiares. Con todo, mostraba algo de orgullo que últimamente había podido advertirse en su hija, y lo que dijo acerca de la paternidad del recién nacido sería recordado años después por quienes entonces escucharon sus palabras.

—Me trae sin cuidado lo que piense la gente. Si el hijo de Lavinia se parece a su padre, será bien distinto de cuanto puede esperarse. No hay razones para creer que no hay otra gente que la que se ve por estos aledaños. Lavinia ha leído y ha visto cosas que la mayoría de vosotros ni siquiera sois capaces de imaginar. Espero que su hombre sea tan buen marido como el mejor que pueda encontrarse por esta parte de Aylesbury, y si supierais la mitad de cosas que yo sé no desearíais mejor casamiento por la iglesia ni aquí ni en ninguna otra parte. Escuchad bien esto que os digo: algún día oiréis todos al hijo de Lavinia pronunciar el nombre de su padre en la cumbre de Sentinel Hill.

Las únicas personas que vieron a Wilbur durante el primer mes de su vida fueron el viejo Zechariah Whateley, de la rama aún no degenerada de los Whateley, y Mamie Bishop, la mujer con quien vivía desde hacía años Earl Sawyer. La visita de Mamie obedeció a la pura curiosidad y las historias que contó confirmaron sus observaciones, en tanto que Zechariah fue por allí a llevar un par de vacas de raza Alderney que el viejo Whateley le había comprado a su hijo Curtis. Dicha adquisición marcó el comienzo de una larga serie de compras de ganado vacuno por parte de la familia del pequeño Wilbur que no finalizaría hasta 1928 —es decir, el año en que el horror se abatió sobre Dunwich—, pero en ningún momento dio la impresión de que el destartalado establo de Whateley estuviese lleno hasta rebosar de ganado. A ello siguió un período en que la curiosidad de ciertos vecinos de Dunwich les llevó a subir a escondidas hasta los pastos y contar las cabezas de ganado que pacían precariamente en la empinada ladera justo por encima de la vieja granja, y jamás pudieron contar más de diez o doce anémicos y casi exangües ejemplares. Debía ser una plaga o enfermedad, originada quizá en los insalubres pastos o transmitida por algún hongo o madera contaminados del inmundo establo, lo que producía tan crecida mortalidad entre el ganado de Whateley. Extrañas heridas o llagas, semejantes a incisiones, parecían cebarse en las vacas que podían verse paciendo por aquellos contornos y una o dos veces en el curso de los primeros meses de la vida de Wilbur algunas personas que fueron a visitar a los Whateley creyeron ver llagas similares en la garganta del anciano canoso y sin afeitar y en la de su desaliñada y desgreñada hija albina.

En la primavera que siguió al nacimiento de Wilbur, Lavinia reanudó sus habituales correrías por las montañas, llevando en sus desproporcionados brazos a su criatura de tez oscura. La curiosidad de los aldeanos hacia los Whateley remitió tras ver al retoño, y a nadie se le ocurrió hacer el menor comentario sobre el portentoso desarrollo del recién nacido, visible de un día para otro. La realidad es que Wilbur crecía a un ritmo impresionante, pues a los tres meses había alcanzado ya una talla y fuerza muscular que raramente se observa en niños menores de un año. Sus movimientos y hasta sus sonidos vocales mostraban una contención y una ponderación harto singulares en una criatura de su edad, y prácticamente nadie se asombró cuando, a los siete meses, comenzó a andar sin ayuda alguna, con pequeñas vacilaciones que al cabo de un mes habían desaparecido por completo.

Al poco tiempo, exactamente la Víspera de Todos los Santos, pudo divisarse una gran hoguera a medianoche en la cima de Sentinel Hill, allí donde se levantaba la antigua piedra con forma de mesa en medio de un túmulo de antiguas osamentas. Por el pueblo corrieron toda clase de rumores a raíz de que Silas Bishop —de la rama no degradada de los Bishop— dijese haber visto al chico de los Whateley subiendo a toda prisa la montaña delante de su madre, justo una hora antes de advertirse las llamas. Silas andaba buscando un ternero extraviado, pero casi olvidó la misión que le había llevado allá al divisar fugazmente, a la luz del farol que portaba, a las dos figuras que corrían montaña arriba. Madre e hijo se deslizaban sigilosamente por entre la maleza, y Silas, que no salía de su asombro, creyó ver que iban enteramente desnudos. Al recordarlo posteriormente, no estaba del todo seguro por cuanto al niño respecta, y cree que es posible que llevase una especie de cinturón con flecos y un par de calzones o pantalones de color oscuro. Lo cierto es que a Wilbur nunca volvió a vérsele, al menos vivo y en estado consciente, sin toda su ropa encima y ceñidamente abotonado, y cualquier desarreglo, real o supuesto, en su indumentaria parecía irritarle muchísimo. Su contraste con el escuálido aspecto de su madre y de su abuelo era tremendamente marcado, algo que no se explicaría del todo hasta 1928, año en que el horror se abatió sobre Dunwich.

Por el mes de enero, entre los rumores que corrían por el pueblo se hacía mención de que el «rapaz negro de Lavinia» había comenzado a hablar, cuando apenas contaba once meses. Su lenguaje era impresionante, tanto porque se diferenciaba de los acentos normales que se oían en la región como por la ausencia del balbuceo infantil apreciable en muchos niños de tres y cuatro años. No era una criatura parlanchina, pero cuando se ponía a hablar parecía expresar algo inaprensible y totalmente desconocido para los vecinos de Dunwich. La extrañeza no radicaba en cuanto decía ni en las sencillas expresiones a que recurría, sino que parecía guardar una vaga relación con el tono o con los órganos vocales productores de los sonidos silábicos. Sus facciones se caracterizaban, asimismo, por una nota de madurez, pues si bien tenía en común con su madre y abuelo la falta de mentón, la nariz, firme y precozmente perfilada, junto con la expresión de los ojos —grandes, oscuros y de rasgos latinos—, hacían que pareciese casi adulto y dotado de una inteligencia fuera de lo común. Pese a su aparente brillantez era, empero, rematadamente feo. Desde luego, algo de chotuno o animal había en sus carnosos labios, en su tez amarillenta y porosa, en su áspero y desgreñado pelo y en sus orejas increíblemente alargadas. Pronto la gente empezó a sentir aversión hacia él, de forma incluso más marcada que hacia su madre y abuelo, y todo cuanto sobre él se aventuraban a decir se hallaba salpicado de referencias al pasado de brujo del viejo Whateley y a cómo retumbaron las montañas cuando profirió a pleno pulmón el espantoso nombre de Yog-Sothoth, en medio de un círculo de piedras y con un gran libro abierto entre sus manos.

Los perros se enfurecían ante la sola presencia del niño, hasta el punto de que continuamente se veía obligado a defenderse de sus amenazadores ladridos.

Capítulo 3

Entre tanto, el viejo Whateley siguió comprando ganado sin que se viera incrementar el número de su cabaña. Asimismo, taló madera y se puso a restaurar las partes hasta entonces sin utilizar de la casa, un espacioso edificio con el tejado rematado en pico y la fachada posterior totalmente empotrada en la rocosa ladera de la montaña. Hasta entonces, las tres habitaciones en estado menos ruinoso de la planta baja habían bastado para albergar a su hija y a él. El anciano debía conservar aún una fuerza prodigiosa para poder realizar por sí solo tan ardua tarea, y aunque a veces murmuraba cosas que se salían de lo normal su trabajo de carpintería demostraba que conservaba el sano juicio. Empezó las obras nada más nacer Wilbur, tras poner un día en orden uno de los numerosos cobertizos donde se guardaban los aperos, entablarlo y colocar una nueva y resistente cerradura. Ahora, al emprender las obras de reparación del abandonado piso superior, demostró seguir estando en posesión de excelentes facultades manuales. Su manía se reflejaba tan sólo en un afán por tapar herméticamente con tablones todas las ventanas del ala restaurada, aunque a juicio de muchos el mero hecho de intentar repararla ya era una locura. Ya se explicaba mejor que quisiese acondicionar otra habitación en la planta baja para el nieto recién nacido, habitación ésta que varios visitantes pudieron ver, si bien nadie logró jamás acceder a la planta superior herméticamente cerrada por gruesos tablones de madera. Revistió toda la habitación del nieto con sólidas estanterías hasta el techo, sobre las cuales fue colocando, poco a poco y en orden aparentemente cuidadoso, los antiguos volúmenes apolillados y los fragmentos sueltos de libros que hasta entonces habían estado amontonados de mala manera en los más insólitos rincones de la casa.

—Me han sido muy útiles —decía Whateley mientras trataba de

pegar una página suelta de caracteres góticos con una cola preparada en el herrumbroso horno de la cocina-, pero estoy seguro de que el chico sabrá sacar mejor provecho de ellos. Quiero que estén en las mejores condiciones posibles, pues todos van a servirle para su educación.

Cuando Wilbur contaba un año y siete meses —esto es, en septiembre de 1914— su estatura y, en general, las cosas que hacía se salían por completo de lo normal. Tenía ya la altura de un niño de cuatro años, hablaba con fluidez y demostraba hallarse dotado de una inteligencia bien despierta. Andaba solo por los campos y empinadas laderas, y acompañaba a su madre en sus correrías por la montaña. Cuando estaba en casa, no cesaba de escudriñar los extraños grabados y cuadros que encerraban los libros de su abuelo, mientras el viejo Whateley le instruía y catequizaba en medio del silencio reinante de muchas largas e interminables tardes. Para entonces ya habían concluido las obras de la casa, y quienes tuvieron ocasión de verlas se preguntaban por qué habría transformado el viejo Whateley una de las ventanas del piso superior en una maciza puerta entablada. Se trataba de la última ventana abuhardillada en la fachada posterior orientada a poniente, pegada a la ladera montañosa, y nadie se hacía la menor idea de por qué habría construido una sólida rampa de madera para subir hasta ella. Para cuando las obras estaban a punto de concluir la gente advirtió que el viejo cobertizo de los aperos, herméticamente cerrado y con las ventanas cubiertas por tablones desde el nacimiento de Wilbur, volvió a quedar abandonado. La puerta estaba siempre abierta de par en par, y cuando Earl Sawyer un día se adentró en su interior, con ocasión de una visita al viejo Whateley relacionada con la venta de ganado, se extrañó enormemente del apestoso olor que se respiraba en el cobertizo; un hedor -según diría posteriormente— que no guardaba parecido con nada conocido salvo con el olor que se percibía en las inmediaciones de los círculos indios de la montaña, y que no podía provenir de nada sano ni de esta tierra. Pero también es cierto que las casas y cobertizos de los vecinos de Dunwich nunca se caracterizaron precisamente por sus buenos olores.

No hay nada digno de destacar en los meses que siguieron, salvo que todo el mundo juraba percibir un ligero pero constante aumento de los misteriosos ruidos que salían de la montaña. La víspera del primero de mayo de 1915 se dejaron sentir tales temblores de tierra que hasta los vecinos de Aylesbury pudieron percibirlos, y unos meses después, en la Víspera de Todos los Santos, se produjo un fragor subterráneo asombrosamente sincronizado con una serie de llamaradas —«ya están otra vez los Whateley con sus brujerías», decían los vecinos de Dunwich— en la cima de Sentinel Hill. Wilbur seguía creciendo a un ritmo prodigioso, hasta el punto de que al cumplir cuatro años parecía como si tuviera ya diez. Leía ávidamente, sin a yuda alguna, pero se había vuelto mucho más reservado. Su semblante denotaba un natural taciturno, y por vez primera la gente empezó a hablar del incipiente aspecto demoníaco de sus facciones de chivo. A veces se ponía a musitar en una jerga totalmente desconocida y a cantar extrañas melodías que hacían estremecer a quienes las escuchaban invadiéndoles un indecible terror. La aversión que mostraban hacia él los perros era objeto de frecuentes comentarios, hasta el punto de verse obligado a llevar siempre una pistola encima para evitar ser atacado en sus correrías a través del campo. y, claro está, su utilización del arma en diversas ocasiones no contribuyó en absoluto a granjearle la simpatía de los dueños de perros guardianes.

Las pocas visitas que acudían a la casa de los Whateley encontraban con harta frecuencia a Lavinia sola en la planta baja, mientras se oían extraños gritos y pisadas en el entablado piso superior. Jamás dijo Lavinia qué podrían estar haciendo su padre y el muchacho allá arriba, aunque en cierta ocasión en que un jovial pescadero intentó abrir la atrancada puerta que daba a la escalera empalideció y un pánico cerval se dibujó en su rostro. El pescadero contó luego en la tienda de Dunwich que le pareció oír el pataleo de un caballo en el piso superior. Los clientes que en aquel momento se encontraban en la tienda pensaron al instante en la puerta, en la rampa y en el ganado que con tal celeridad desaparecía, estremeciéndose al recordar las historias de los años mozos del viejo Whateley y las extrañas cosas que profiere la tierra cuando se sacrifica un ternero en un momento propicio a ciertos dioses paganos. Desde hacía tiempo podía advertirse que los perros temían y detestaban la finca de los Whateley con igual furia que anteriormente habían demostrado hacia la persona de Wilbur.

En 1917 estalló la guerra, y el juez de paz Sawyer Whateley, en su condición de presidente de la junta de reclutamiento local, tuvo grandes dificultades para lograr constituir el contingente de jóvenes físicamente aptos de Dunwich que habían de acudir al campamento de instrucción. El gobierno, alarmado ante los síntomas de

---

degradación de los habitantes de la comarca, envió varios funcionarios y especialistas médicos para que investigaran las causas, los cuales llevaron a cabo una encuesta que aún recuerdan los lectores de diarios de Nueva Inglaterra. La publicidad que se dio en torno a la investigación puso a algunos periodistas sobre la pista de los Whateley, y llevó a las ediciones dominicales del Boston Globe y del Arkham Advertiser a publicar artículos sensacionalistas sobre la precocidad de Wilbur, la magia negra del viejo Whateley, las estanterías repletas de extraños volúmenes, el segundo piso herméticamente cerrado de la antigua granja, el misterio que rodeaba a la comarca entera y los ruidos que se oían en la montaña. Wilbur contaba por entonces cuatro años y medio, pero tenía todo el aspecto de un muchacho de quince. Su labio superior y mejillas estaban cubiertos de un vello áspero y oscuro, y su voz había comenzado ya a enronquecer.

Un día Earl Sawyer se dirigió a la finca de los Whateley acompañado de un grupo de periodistas y fotógrafos, llamándoles su atención hacia la extraña fetidez que salía de la planta superior. Según dijo, era exactamente igual que el olor reinante en el abandonado cobertizo donde se guardaban los aperos una vez finalizadas las obras de reconstrucción, y muy semejante a los débiles olores que creyó percibir a veces en las proximidades del círculo de piedra de la montaña. Los vecinos de Dunwich leyeron las historias sobre los Whateley al verlas publicadas en los periódicos, y no pudieron menos de sonreírse ante los crasos errores que contenían.

Se preguntaban, asimismo, por qué los periodistas atribuirían tanta importancia al hecho de que el viejo Whateley pagase siempre al comprar el ganado en antiquísimas monedas de oro. Los Whateley recibieron a sus visitantes con mal disimulado disgusto, si bien no se atrevieron a ofrecer violenta resistencia o a negarse a contestar sus preguntas por miedo a que dieran mayor publicidad al caso.

Capítulo 4

Durante toda una década la historia de los Whateley se mezcló inextricablemente con la existencia general de una comunidad patológicamente enfermiza que se hallaba acostumbrada a su extraña conducta y se había vuelto insensible a sus orgiásticas celebraciones de la Víspera de Mayo y de Todos los Santos. Dos veces al año los Whateley encendían hogueras en la cima de Sentinel Hill, y en tales fechas el fragor de la montaña se reproducía con violencia cada vez más inusitada; y tampoco era raro que tuviesen lugar acontecimientos extraños y portentosos en su solitaria granja en cualquier otra fecha del año. Con el tiempo, los visitantes afirmaron oír ruidos en la cerrada planta alta, incluso en momentos en que todos los miembros de la familia estaban abajo, y se preguntaron a qué ritmo solían sacrificar los Whateley una vaca o un ternero. Se hablaba incluso de denunciar el caso a la Sociedad Protectora de Animales, pero al final no se hizo nada pues los vecinos de Dunwich no tenían ninguna gana de que el mundo exterior reparase en ellos.

Hacia 1923, siendo Wilbur un muchacho de diez años y con una inteligencia, voz, estatura y barba que le daban todo el aspecto de una persona ya madura, se inició una segunda etapa de obras de carpintería en la vieja finca de los Whateley. Las obras tenían lugar en la cerrada planta superior, y por los trozos de madera sobrante que se veían por el suelo la gente dedujo que el joven y el abuelo habían tirado todos los tabiques y hasta levantado la tarima del piso, dejando sólo un gran espacio abierto entre la planta baja y el tejado rematado en pico. Asimismo habían demolido la gran chimenea central e instalado en el herrumboso espacio que quedó al descubierto una endeble cañería de hojalata con salida al exterior.

En la primavera que siguió a las obras el viejo Whateley advirtió el crecido número de chotacabras que, procedentes del barranco de Cold Spring, acudían por las noches a chillar bajo su ventana. Whateley atribuyó a la presencia de tales pájaros un significado especial y un día dijo en la tienda de Osborn que creía cercano su fin.

—Ahora chirrían al ritmo de mi respiración —dijo—, así que deben estar ya al acecho para lanzarse sobre mi alma. Saben que pronto va a abandonarme y no quieren dejarla escapar. Cuando haya muerto sabréis si lo consiguieron o no. Caso de conseguirlo, no cesarían de chirriar y proferir risotadas hasta el amanecer; de lo contrario se callarán. Los espero a ellos y a las almas que atrapan pues si quieren mi alma les va a costar lo suyo.

En la noche de la fiesta de la Recolección de la cosecha[2] de 1924, el doctor Houghton, de Aylesbury , recibió una llamada urgente de Wilbur Whateley, que se había lanzado a todo galope en medio de la oscuridad reinante, en el único caballo que aún restaba a los Whateley, con el fin de llegar lo antes posible al pueblo y telefonear desde la tienda de Osborn. El doctor Houghton encontró al viejo Whateley en estado agonizante, con un ritmo cardíaco y una respiración estertórea que presagiaban un final inminente. La deforme hija albina y el nieto adolescente, pero ya barbudo, permanecían junto al lecho mortuorio, mientras que del tenebroso espacio que se abría por encima de sus cabezas llegaba la desagradable sensación de una especie de chapoteo u oleaje rítmico, algo así como el ruido de las olas en una playa de aguas remansadas. Con todo, lo que más le molestaba al médico era el ensordecedor griterío que armaban las aves nocturnas que revoloteaban en torno a la casa: una verdadera legión de chotacabras que chirriaba su monótono mensaje diabólicamente sincronizado con los entrecortados estertores del agonizante anciano.

Aquello sobrepasaba decididamente lo siniestro y lo monstruoso, pensó el doctor Houghton, que al igual que el resto de los vecinos de la comarca había acudido de muy mala gana a la casa de los Whateley en respuesta a la llamada urgente que se le había hecho.

Hacia la una de la noche el viejo Whateley recobró la conciencia y, al tiempo que cesaban sus estertores, balbuceó algunas entrecortadas palabras a su nieto.

—Más espacio, Willy, necesita más espacio y cuanto antes. Tú creces, pero eso aún crece más deprisa. Pronto te servirá, hijo. Abre las puertas de par en par a Yog-Sothoth salmodiando el largo canto que encontrarás en la página 751 de la edición completa, y luego préndele fuego a la prisión. El fuego de la tierra no puede quemarlo.

No cabía duda, el viejo Whateley estaba loco de remate. Tras una pausa durante la cual la bandada de chotacabras que había fuera sincronizó sus chirridos al nuevo ritmo jadeante de la respiración del anciano y pudieron oírse extraños ruidos que venían de algún remoto lugar en las montañas, aún tuvo fuerzas para pronunciar una o dos frases más.

—No dejes de alimentarlo, Willy, y ten presente la cantidad en todo momento. Pero no dejes que crezca demasiado deprisa para el lugar, pues si revienta en pedazos o sale antes de que abras a Yog-Sothoth, no habrán servido de nada todos los esfuerzos. Sólo los que vienen del más allá pueden hacer que se reproduzca y surta efecto... Sólo ellos, los ancianos que quieren volver...

Pero tras las últimas palabras volvieron a reproducirse los estertores del viejo Whateley, y Lavinia lanzó un pavoroso grito al ver cómo el griterío que armaban los chotacabras cambiaba para adaptarse al nuevo ritmo de la respiración. No hubo ningún cambio durante una hora, al cabo de la cual la garganta del moribundo emitió el postrer vagido. El doctor Houghton cerró los arrugados párpados sobre los resplandecientes ojos grises del anciano, mientras la barahúnda que armaban los pájaros remitía por momentos hasta acabar cayendo en el más absoluto silencio. Lavinia no cesaba de sollozar, en tanto que Wilbur se echó a reír sofocadamente y hasta ellos llegó el débil fragor de la montaña.

—No han conseguido atrapar su alma —susurró Wilbur con su potente voz de bajo.

Por entonces, Wilbur era ya un estudioso de impresionante erudición —si bien a su parcial manera—, y empezaba a ser conocido por la correspondencia que mantenía con numerosos bibliotecarios de remotos lugares en donde se guardaban libros raros y misteriosos de épocas pasadas. Al mismo tiempo, cada vez se le detestaba y temía más en la comarca de Dunwich por la desaparición de ciertos jóvenes que todas las sospechas hacían confluir, difusamente, en el umbral de su casa. Pero siempre se las arregló para silenciar las investigaciones ya fuese mediante el recurso a la intimidación o echando mano del caudal de antiguas monedas de oro que, al igual que en tiempos de su abuelo, salían de forma periódica y en cantidades crecientes para la compra de cabezas de ganado. Daba toda la impresión de ser una persona madura, y su estatura, una vez alcanzado el límite normal de la edad adulta, parecía que fuese a seguir aumentando sin límite. En 1925, con ocasión de una visita que le hizo un corresponsal suyo de la Universidad de Miskatonic, que salió de la reunión que sostuvieron lívido y desconcertado, medía ya sus buenos seis pies y tres cuartos.

Con el paso de los años, Wilbur fue tratando a su semideforme y albina madre con un desprecio cada vez mayor, hasta llegar a prohibirle que le acompañase a las montañas en las fechas de la

Víspera de Mayo y de Todos los Santos. En 1926, la infortunada madre le dijo a Mamie Bishop que su hijo le inspiraba miedo.

—Sé multitud de cosas acerca de él que me gustaría poder contarte, Mamie —le dijo un día—, pero últimamente pasan muchas cosas que incluso yo ignoro. Juro por Dios que ni sé lo que quiere mi hijo ni lo que trata de hacer.

En la Víspera de Todos los Santos de aquel año, los ruidos de la montaña resonaron con un inusitado furor, y al igual que todos los años pudo verse el resplandor de las llamaradas en la cima de Sentinel Hill. Pero la gente prestó más atención a los rítmicos chirridos de enormes bandadas de chotacabras —extrañamente retrasados para la época del año en que se encontraban— que parecían congregarse en las inmediaciones de la granja de los Whateley. Pasada la medianoche sus estridentes notas estallaron en una especie de infernal barahúnda que pudo oírse por toda la comarca, y hasta el amanecer no cesaron en su ensordecedor griterío. Seguidamente, desaparecieron, dirigiéndose apresuradamente hacia el sur, adonde llegaron con un mes de retraso sobre la fecha normal. Lo que significaba tamaño estruendo nadie lo sabría con certeza hasta pasado mucho tiempo. En cualquier caso, aquella noche no murió nadie en toda la comarca, pero jamás volvió a verse a la infortunada Lavinia Whateley, la deforme y albina madre de Wilbur.

En el verano de 1917 Wilbur reparó dos cobertizos que había en el corral y comenzó a trasladar a ellos sus libros y efectos personales. Al poco tiempo, Earl Sawyer dijo en la tienda de Osborn que en la granja de los Whateley habían vuelto a emprenderse obras de carpintería. Wilbur se aprestaba a tapar todas las puertas y ventanas de la planta baja, y daba la impresión de que estuviese tirando todos los tabiques, tal como su abuelo y él hicieran en la planta superior cuatro años atrás. Se había instalado en uno de los cobertizos, y según Sawyer tenía un aspecto un tanto preocupado y temeroso. La gente de la localidad sospechaba que sabía algo acerca de la desaparición de su madre, y eran muy pocos los que se atrevían a rondar por las inmediaciones de la granja de los Whateley. Por aquel entonces, Wilbur sobrepasaba ya los siete pies de altura y nada indicaba que fuese a dejar de crecer.

Capítulo 5

Aquel invierno trajo consigo el nada desdeñable acontecimiento del primer viaje de Wilbur fuera de la comarca de Dunwich. Pese a la correspondencia que venía manteniendo con la Biblioteca de Widener de Harvard, la Biblioteca Nacional de París, el Museo Británico, la Universidad de Buenos Aires y la Biblioteca de la Universidad de Miskatonic, en Arkham, todos sus intentos por hacerse con un libro que precisaba desesperadamente habían resultado fallidos. En vista de lo cual, a la postre, acabó por desplazarse en persona —andrajoso, mugriento, con la barba sin cuidar y aquel nada pulido dialecto que hablaba— a consultar el ejemplar que se conservaba en Miskatonic, la biblioteca más próxima a Dunwich. Con casi ocho pies de altura y portando una maleta de ocasión recién comprada en la tienda de Osborn, aquel espantajo de tez trigueña y rostro de chivo se presentó un día en Arkham en busca del temible volumen guardado bajo siete llaves en la biblioteca de la Universidad de Miskatonic: el pavoroso Necronomicón, del enloquecido árabe Abdul Alhazred, en versión latina de Olaus Wormius, impreso en España en el siglo XVII. Jamás hasta entonces había visto Wilbur una ciudad, pero su único interés al llegar a Arkham se redujo a encontrar el camino que llevaba al recinto universitario. Una vez allí, pasó sin inmutarse por delante del gran perro guardián de la entrada que se echó a ladrar, mostrándole sus blancos colmillos, con inusitado furor al tiempo que tiraba con violencia de la gruesa cadena a la que estaba atado.

Wilbur llevaba consigo el inapreciable, pero incompleto, ejemplar de la versión inglesa del Necronomicón del Dr. Dee que su abuelo le había legado, y nada más le permitieron acceder al ejemplar en latín se puso a cotejar los dos textos con el propósito de descubrir cierto pasaje que, de no hallarse en condiciones defectuosas, habría debido encontrarse en la página 751 del volumen de su propiedad. Por más que intentó refrenarse, no pudo dejar de decírselo con buenos modales al bibliotecario —Henry Armitage, hombre de gran erudición y licenciado en Miskatonic, doctor por la Universidad de Princeton y por la Universidad de John Hopkins—, que en cierta ocasión había acudido a visitarle a la granja de Dunwich y que ahora, en buen tono, le acribillaba a preguntas. Wilbur acabó por decirle que buscaba una especie de conjuro o fórmula mágica que

---

contuviese el espantoso nombre de Yog-Sothoth, pero las discrepancias, repeticiones y ambigüedades existentes complicaban la tarea de su localización, sumiéndole en un mar de dudas. Mientras copiaba la fórmula por la que finalmente se decidió, el Dr. Armitage miró involuntariamente por encima del hombro de Wilbur a las páginas por las que estaba abierto el libro; la que se veía a la izquierda, en la versión latina del Necronomicón, contenía toda una retahíla de estremecedoras amenazas contra la paz y el bienestar del mundo:

«Tampoco debe pensarse —rezaba el texto que Armitage fue traduciendo mentalmente— que el hombre es el más antiguo o el último de los dueños de la tierra, ni que semejante combinación de cuerpo y alma se pasea sola por el universo. Los Ancianos eran, los Ancianos son y los Ancianos serán. No en los espacios que conocemos, sino entre ellos. Se pasean serenos y primigenios en esencia, sin dimensiones e invisibles a nuestra vista. Yog-Sothoth conoce la puerta. Yog-Sothoth es la puerta. Yog-Sothoth es la llave y el guardián de la puerta. Pasado, presente y futuro, todo es uno en Yog-Sothoth. Él sabe por dónde entraron los Ancianos en el pasado y por dónde volverán a hacerlo cuando llegue la ocasión. Él sabe qué regiones de la tierra hollaron, dónde siguen hoy hollando y por qué nadie puede verlos en Su avance. Los hombres perciben a veces Su presencia por el olor que despiden, pero ningún ser humano puede ver Su semblante, salvo únicamente a través de las facciones de los hombres engendrados por Ellos, y son de las más diversas especies, difiriendo en apariencia desde la mismísima imagen del hombre hasta esas figuras invisibles o sin sustancia que son Ellos. Se pasean inadvertidos y pestilentes por los solitarios lugares donde se pronunciaron las Palabras y se profirieron los Rituales en su debido momento. Sus voces hacen tremolar el viento y Sus conciencias trepidar la tierra. Doblegan bosques enteros y aplastan ciudades, pero jamás bosque o ciudad alguna ha visto la mano destructora. Kadath los ha conocido en los páramos helados, pero ¿quién conoce a Kadath? En el glacial desierto del Sur y en las sumergidas islas del Océano se levantan piedras en las que se ve grabado Su sello, pero ¿quién ha visto la helada ciudad hundida o la torre secularmente cerrada y recubierta de algas y moluscos? El Gran Cthulhu es Su primo, pero sólo difusamente puede reconocerlos. ¡Iä! ¡Shub-Niggurath! Por su insano olor Los conoceréis. Su mano os aprieta las gargantas pero ni aun así Los veis, y Su morada es una misma con el umbral que guardáis. Yog-Sothoth es la llave que abre la puerta, por donde las esferas se encuentran. El hombre rige ahora donde antes regían Ellos, pero pronto regirán Ellos donde ahora rige el hombre. Tras el verano el invierno, y tras el invierno el verano. Aguardan, pacientes y confiados, pues saben que volverán a reinar sobre la tierra.»

Al asociar el Dr. Armitage lo que leía con lo que había oído hablar de Dunwich y de sus misteriosas apariciones, y de la lúgubre y horrible aureola que rodeaba a Wilbur Whateley y que iba desde un nacimiento en circunstancias más que extrañas hasta una fundada sospecha de matricidio, sintió como si le sacudiera una oleada de temor tan tangible como pudiera serlo cualquier corriente de aire frío y pegajoso emanada de una tumba. Parecía como si el gigante de cara de chivo enfrascado en la lectura de aquel libro hubiese sido engendrado en otro planeta o dimensión, como si sólo parcialmente fuese humano y procediese de los tenebrosos abismos de una esencia y una entidad que se extendía, cual titánico fantasma, allende las esferas de la fuerza y la materia, del espacio y el tiempo. De pronto, Wilbur levantó la cabeza y se puso a hablar con una voz extraña y resonante que hacía pensar en unos órganos vocales distintos a los del común de los mortales.

—Mr. Armitage —dijo—, me temo que voy a tener que llevarme el libro a casa. En él se habla de cosas que tengo que experimentar bajo ciertas condiciones que no reúno aquí, y sería una verdadera tropelía no dejármelo sacar alegando cualquier absurda norma burocrática. Se lo ruego, señor, déjeme llevármelo a casa y le juro que nadie advertirá su falta. Ni que decirle tengo que lo trataré con el mejor cuidado. Lo necesito para poner mi versión de Dee en la forma en que…

Se interrumpió al ver la resuelta expresión negativa dibujada en la cara del bibliotecario, y al punto sus facciones de chivo adquirieron un aire de astucia. Armitage, cuando estaba ya a punto de decirle que podía sacar copia de cuanto precisara, pensó de repente en las consecuencias que podrían originarse de semejante contravención y se echó atrás. Era una responsabilidad demasiado grande entregar a aquella monstruosa criatura la llave de acceso a tan tenebrosas esferas de lo exterior. Whateley, al ver el cariz que tomaban las cosas, trató de poner la mejor cara posible.

—¡Bueno! ¡Qué le vamos a hacer si se pone así! A ver si en Harvard no son tan picajosos y hay más suerte.

Y sin decir una sola palabra más se levantó y salió de la biblioteca, debiendo agachar la cabeza por cada puerta que pasaba.

Armitage pudo oír el tremendo aullido del gran perro que había en la entrada y, a través de la ventana, observó las zancadas de gorila de Whateley mientras cruzaba el pequeño trozo de campus que podía divisarse desde la biblioteca. Le vinieron a la memoria las espantosas historias que habían llegado a sus oídos y recordó lo que se decía en las ediciones dominicales del Advertiser, así como las impresiones que pudo recoger entre los campesinos y vecinos de Dunwich durante su visita a la localidad. Horribles y malolientes seres invisibles que no eran de la tierra —o, al menos, no de la tierra tridimensional que conocemos— corrían por los barrancos de Nueva Inglaterra y acechaban impúdicamente desde las montañosas cumbres. Hacía tiempo que estaba convencido de ello, pero ahora creía experimentar la inminente y terrible presencia del horror extraterrestre y vislumbrar un prodigioso avance en los tenebrosos dominios de tan antigua y hasta entonces aletargada, pesadilla. Estremecido y con una honda sensación de repugnancia, encerró el Necronomicón en su sitio, pero un atroz e inidentificable hedor seguía impregnado aún toda la estancia. «Por su insano olor los conoceréis», citó. Sí, no cabía duda, aquel fétido olor era el mismo que hacía menos de tres años le provocó náuseas en la granja de Whateley. Pensó en Wilbur, en sus siniestras facciones de chivo, y soltó una irónica risotada al recordar los rumores que corrían por el pueblo sobre su paternidad.

—¿Incestuoso vástago? —Armitage murmuró casi en voz alta para sus adentros—. ¡Dios mío, pero serán simplones! ¡Dales a leer El Gran Dios Pan, de Arthur Machen, y creerán que se trata de un escándalo normal y corriente como los de Dunwich!

Pero ¿qué informe y maldita criatura, salida o no de esta tierra tridimensional, era el padre de Wilbur Whateley? Nacido el día de la Candelaria, a los nueve meses de la Víspera del uno de mayo de 1912, fecha en que los rumores sobre extraños ruidos en el interior de la tierra llegaron hasta Arkham. ¿Qué pasaba en las montañas aquella noche de mayo? ¿Qué horror engendrado el día de la Invención de la Cruz[3] se había abatido sobre el mundo en forma de carne y hueso semihumanos?

Durante las semanas que siguieron, Armitage estuvo recogiendo toda la información que pudo encontrar sobre Wilbur Whateley y aquellos misteriosos seres que poblaban la comarca de Dunwich.

Se puso en contacto con el doctor Houghton, de Aylesbury, que había asistido al viejo Whateley en su postrer agonía, y estuvo meditando detenidamente sobre las últimas palabras que pronunció, tal como las recordaba el médico. Una nueva visita a Dunwich apenas reportó fruto alguno. No obstante, un detenido examen del Necronomicón —en concreto, de las páginas que con tanta avidez había buscado Wilbur— pareció aportar nuevas y terribles pistas sobre la naturaleza, métodos y apetitos del extraño y maligno ser cuya amenaza se cernía difusamente sobre la tierra. Las conversaciones sostenidas en Boston con varios estudiosos de saberes arcanos y la correspondencia mantenida con muchos otros eruditos de los más diversos lugares, no hicieron sino incrementar la perplejidad de Armitage, quien, tras pasar gradualmente por varias fases de alarma, acabó sumido en un auténtico estado de intenso temor espiritual. A medida que se acercaba el verano creía cada vez más que debía hacerse algo para interrumpir la escalada de terror que asolaba los valles regados por el curso superior del Miskatonic e indagar quién era el monstruoso ser conocido entre los humanos por el nombre de Wilbur Whateley.

Capítulo 6

El verdadero horror de Dunwich tuvo lugar entre la fiesta de la Recolección de la cosecha y el equinoccio de 1928, siendo el Dr. Armitage uno de los testigos presenciales de su abominable prólogo. Había oído hablar del esperpéntico viaje que Whateley había hecho a Cambridge y de sus desesperados intentos por sacar el ejemplar del Necronomicón que se conservaba en la biblioteca Widener, de la Universidad de Harvard. Pero todos sus esfuerzos fueron vanos, pues Armitage había puesto en estado de alerta a todos los bibliotecarios que tenían a su cargo la custodia de un ejemplar del arcano volumen. Wilbur se había mostrado asombrosamente nervioso en Cambridge; estaba ansioso por conseguir el libro y no menos por regresar a casa, como si temiera las consecuencias de una larga ausencia.

A primeros de agosto se produjo el cuasi esperado acontecimiento. En la madrugada del tercer día de dicho mes el Dr. Armitage fue despertado bruscamente por los desgarradores y feroces ladridos del imponente perro guardián que había a la entrada del recinto universitario. Los estridentes y terribles gruñidos alternaban con desgarradores aullidos y ladridos, como si el perro se hubiese vuelto rabioso; los ruidos iban en continuo aumento, pero entrecortados, dejando entre sí pausas terriblemente significativas. Al poco, se oyó un pavoroso grito de una garganta totalmente desconocida, un grito que despertó a no menos de la mitad de cuantos dormían a aquellas horas en Arkham y que en lo sucesivo les asaltaría continuamente en sus sueños, un grito que no podía proceder de ningún ser nacido en la tierra o morador de ella.

Armitage se puso rápidamente algo de ropa por encima y echó a correr por los paseos y jardines hasta llegar a los edificios universitarios, donde pudo ver que otros se le habían adelantado. Aún se oían los retumbantes ecos de la alarma antirrobo de la biblioteca. A la luz de la luna se divisaba una ventana abierta de par en par mostrando las abismales tinieblas que encerraba. Quienquiera que hubiese intentado entrar había logrado su propósito, pues los ladridos y gritos —que pronto acabarían confundiéndose en una sorda profusión de aullidos y gemidos— procedían indudablemente del interior del edificio. Un sexto sentido le hizo entrever a Armitage que cuanto allí sucedía no era algo que pudieran contemplar ojos sensibles y, con gesto autoritario, mandó retroceder a la muchedumbre allí congregada al tiempo que abría la puerta del vestíbulo. Entre los allí reunidos vio al profesor Warren Rice y al Dr. Francis Morgan, a quienes tiempo atrás había hecho partícipes de algunas de sus conjeturas y temores, y con la mano les hizo una señal para que le siguiesen al interior. Los sonidos que de allí salían habían remitido casi por completo, salvo los monótonos gruñidos del perro; pero Armitage dio un brusco respingo al advertir entre la maleza un ruidoso coro de chotacabras que había comenzado a entonar sus endiabladamente rítmicos chirridos, como si marchasen al unísono con los últimos estertores de un ser agonizante.

En el edificio entero reinaba un insoportable hedor que le resultaba harto familiar a Armitage, quien, en compañía de los dos profesores, se lanzó corriendo por el vestíbulo hasta llegar a la salita de lectura de temas genealógicos de donde salían los sordos gemidos. Por espacio de unos segundos, nadie se atrevió a encender la luz, hasta que Armitage, armándose de valor, dio al interruptor. Uno de los tres hombres —cuál, no se sabe— profirió un estridente alarido ante lo que se veía tendido en el suelo entre un revoltijo de mesas y sillas volcadas. El profesor Rice afirma que durante unos instantes perdió el sentido, si bien sus piernas no flaquearon ni llegó a caerse al suelo.

En el suelo, encima de un fétido charco de líquido purulento entre amarillento y verdoso y de una viscosidad bituminosa, yacía medio recostado un ser de casi nueve pies de estatura, al que el perro había desgarrado toda la ropa y algunos trozos de la piel. Aún no había muerto. Se retorcía en medio de silenciosos espasmos, al tiempo que su pecho jadeaba al abominable compás de los estridentes chirridos de las chotacabras que, expectantes, oteaban desde fuera de la sala. Esparcidos por toda la estancia podían verse trozos de piel de zapato y jirones de ropa, y junto a la ventana se veía una mochila de lona vacía que debió arrojar allí aquel gigantesco ser. Junto al pupitre central había un revólver en el suelo, con un cartucho percutado pero sin pólvora que posteriormente serviría para explicar por qué no había sido disparado. No obstante, aquel ser que yacía en el suelo eclipsó un momento cualquier otra imagen que pudiera haber en la estancia. Sería harto trillado y no del todo cierto decir que ninguna pluma humana podría describirlo, pero ya sería menos erróneo decir que no podría visualizarse gráficamente por nadie cuyas ideas acerca de la fisonomía y el perfil en general estuviesen demasiado apegadas a las formas de vida existentes en nuestro planeta y a las tres dimensiones conocidas. No cabía duda de que en parte se trataba de una criatura humana, con manos y cabeza de hombre, en tanto su rostro chotuno y sin mentón llevaba el inconfundible sello de los Whateley. Pero el torso y las extremidades inferiores tenían una forma teratológicamente monstruosa. Sólo gracias a una holgada indumentaria pudo aquel ser andar sobre la tierra sin ser molestado o erradicado de su superficie.

Por encima de la cintura era un ser cuasiantropomórfico, aunque el pecho, sobre el que aún se hallaban posadas las desgarradoras patas del perro, tenía el correoso y reticulado pellejo de un cocodrilo o un lagarto. La espalda tenía un color moteado, entre amarillo y negro, y recordaba vagamente la escamosa piel de ciertas especies de serpientes. Pero, con diferencia, lo más monstruoso de todo el cuerpo era la parte inferior. A partir de la cintura desaparecía toda semejanza con el cuerpo humano y comenzaba la más desenfrenada fantasía que cabe imaginarse. La piel estaba recubierta de un frondoso y áspero pelaje negro, y del abdomen brotaban un montón de largos tentáculos, entre grises y verdosos, de los que sobresalían fláccidamente unas ventosas rojas que hacían las veces de boca. Su

---

disposición era de lo más extraño y parecía seguir las simetrías de alguna geometría cósmica desconocida en la tierra e incluso en el sistema solar. En cada cadera, hundido en una especie de rosácea y ciliada órbita, se alojaba lo que parecía ser un rudimentario ojo, mientras que en el lugar donde suele estar el rabo le colgaba algo que tenía todo el aspecto de una trompa o tentáculo, con marcas anulares violetas, y múltiples muestras de tratarse de una boca o garganta sin desarrollar. Las piernas, salvo por el pelaje negro que las cubría, guardaban cierto parecido con las extremidades de los gigantescos saurios que poblaban la tierra en los tiempos prehistóricos, y terminaban en unas carnosidades surcadas de venas que ni eran pezuñas ni garras. Cuando respiraba, el rabo y los tentáculos mudaban rítmicamente de color, como si obedecieran a alguna causa circulatoria característica de su verdoso tinte no humano, mientras que el rabo tenía un color amarillento que alternaba con otro blanco grisáceo, de repugnante aspecto, en los espacios que quedaban entre los anillos de color violeta. De sangre no había ni rastro, sólo el fétido y purulento líquido verdoso amarillento que corría por el piso más allá del pringoso círculo, dejando tras de sí una curiosa y descolorida mancha.

La presencia de los tres hombres debió despertar al moribundo ser allí postrado, que se puso a balbucir sin siquiera volver ni levantar la cabeza. Armitage no recogió por escrito los sonidos que profería, pero afirma categóricamente que no pronunció ni uno solo en inglés. Al principio las sílabas desafiaban toda posible comparación con ningún lenguaje conocido de la tierra, pero ya hacia el final articuló unos incoherentes fragmentos que, evidentemente, procedían del Necronomicón, el abominable libro cuya búsqueda iba a costarle la muerte. Los fragmentos, tal como los recuerda Armitage, rezaban así poco más o menos: «N'gai, n'gha' ghaa, bugg-shoggog, y'hah; Yog-Sothoth, Yog-Sothoth...», desvaneciéndose su voz en el aire mientras las chotacabras chirriaban en crescendo rítmico de malsana expectación.

Luego, se interrumpieron los jadeos y el perro alzó la cabeza, emitiendo un prolongado y lúgubre aullido. Un cambio se produjo en la faz amarillenta y chotuna de aquel ser postrado en el suelo al tiempo que sus grandes ojos negros se hundían pasmosamente en sus cavidades. Al otro lado de la ventana, cesó de repente el griterío que armaban las chotacabras, y por encima de los murmullos de la muchedumbre allí congregada se oyó un frenético zumbido y revoloteo. Recortadas contra el trasfondo de la luna podían verse grandes nubes de alados vigías expectantes que alzaban el vuelo y huían de la vista, espantados sólo de ver la presa sobre la que se disponían a lanzarse.

De pronto, el perro dio un brusco respingo, lanzó un aterrador ladrido y se arrojó precipitadamente por la ventana por la que había entrado. Un alarido salió de la expectante multitud, mientras Armitage decía a gritos a los hombres que aguardaban afuera que en tanto llegase la policía o el forense no podrían entrar en la sala. Afortunadamente, las ventanas eran lo suficientemente altas como para que nadie pudiera asomarse; para mayor seguridad, echó las oscuras cortinas con sumo cuidado. Entre tanto, llegaron dos policías, y el Dr. Morgan, que salió a su encuentro al vestíbulo, les instó a que, por su propio bien, aguardasen a entrar en la hedionda sala de lecturas hasta que llegara el forense y pudiera cubrirse el cuerpo del ser allí postrado.

Mientras esto ocurría, unos cambios realmente espantosos tenían lugar en aquella gigantesca criatura. No se precisa describir la clase y proporción de encogimiento y desintegración que se desarrollaba ante los ojos de Armitage y Rice, pero puede decirse que, aparte la apariencia externa de cara y manos, el elemento auténticamente humano de Wilbur Whateley era mínimo. Cuando llegó el forense, sólo quedaba una masa blancuzca y viscosa sobre el entarimado suelo, en tanto que el fétido olor casi había desaparecido por completo. Por lo visto, Whateley no tenía cráneo ni esqueleto óseo, al menos tal como los entendemos. En algo había de parecerse a su desconocido progenitor.

Capítulo 7

Pero esto no fue sino simplemente el prólogo del verdadero horror de Dunwich. Las autoridades oficiales, desconcertadas, llevaron a cabo todas las formalidades debidas, silenciando acertadamente los detalles más alarmantes para que no llegasen a oídos de la prensa y el público en general. Mientras, unos funcionarios se personaron en Dunwich y Aylesbury para levantar acta de las propiedades del difunto Wilbur Whateley y notificar, en consecuencia, a quienes pudieran ser sus legítimos herederos. A su llegada, encontraron a la gente de la comarca presa de una gran agitación, tanto por el fragor creciente que se oía en las abovedadas montañas como por el insoportable olor y sonidos —semejantes a un oleaje o chapoteo— que salían cada vez con mayor intensidad de aquella especie de gran estructura vacía que era la granja herméticamente entablada de los Whateley. Earl Sawyer, que cuidaba del caballo y del ganado desde el fallecimiento de Wilbur, había sufrido una aguda crisis de nervios. Los funcionarios hallaron enseguida una disculpa para que nadie entrase en el hediondo y cerrado edificio, limitándose a girar una rápida inspección a los aposentos que habitaba el difunto, es decir, a los cobertizos que Wilbur había acondicionado en fecha reciente. Redactaron un voluminoso informe que elevaron al juzgado de Aylesbury y, según parece, los pleitos sobre el destino de la herencia siguen aún sin resolverse entre los innumerables Whateley, tanto de la rama degenerada como de la sin degenerar, que viven en el valle regado por el curso superior del Miskatonic.

Un casi interminable manuscrito redactado en extraños caracteres en un gran libro mayor, y que daba toda la impresión de una especie de diario por las separaciones existentes y las variaciones de tinta y caligrafía, desconcertó por completo a quienes lo encontraron en el viejo escritorio que hacía las veces de mesa de trabajo de Wilbur. Tras una semana de debates se decidió enviarlo a la Universidad de Miskatonic, junto con la colección de libros sobre saberes arcanos del difunto, para su estudio y eventual traducción. Pero al poco tiempo hasta los mejores lingüistas comprendieron que no iba a ser tarea fácil descifrarlo. No se encontró, en cambio, la menor huella del antiguo oro con el que Wilbur y el viejo Whateley solían pagar sus deudas.

El horror se desató en el transcurso de la noche del 9 de septiembre. Los ruidos de la montaña habían sido muy intensos aquella tarde y los perros ladraron con fenomenal estrépito durante toda la noche. Quienes madrugaron el día 10 advirtieron un peculiar hedor en la atmósfera. Hacia las siete de la mañana Luther Brown, el mozo de la granja de George Corey, situada entre el barranco de Cold Spring y el pueblo, bajó corriendo, presa de una gran agitación, del pastizal de diez acres a donde había llevado a pacer las vacas. Estaba aterrado de espanto cuando entró a trompicones en la cocina de la granja, mientras las no menos despavoridas vacas se ponían a patalear y mugir en tono lastimero en el corral, tras seguir al chico

---

todo el camino de vuelta tan atemorizadas como él. Sin cesar de jadear, Luther trató de balbucir lo que había visto a Mrs. Corey.

—Arriba, en el camino que hay por encima del barranco, Mrs. Corey… ¡algo pasa allí! Es como si hubiese caído un rayo. Todos los matorrales y arbolillos del camino han sido segados como si toda una casa les hubiera pasado por encima. Y eso no es lo peor, ¡quia! Hay huellas en el camino, Mrs. Corey… tremendas huellas circulares tan grandes como la tapa de un tonel, y muy hundidas en la tierra, como si hubiese pasado un elefante por allí, ¡sólo que las huellas tendrán más de cuatro pies! Miré de cerca una o dos antes de salir corriendo y pude ver que todas estaban cubiertas por unas líneas que salían del mismo lugar, en abanico, como si fuesen grandes hojas de palmera —sólo que dos o tres veces más grandes— incrustadas en el camino. Y el olor era irresistible, igual que el que se respira cerca de la vieja casa de Whateley…

Al llegar aquí el muchacho titubeó y parecía como si el miedo que le había hecho venir corriendo todo el camino se apoderase de él de nuevo. Mrs. Corey, a la vista de que no podía sonsacarle más detalles, se puso a telefonear a los vecinos, con lo que empezó a cundir el pánico, anticipo de nuevos y mayores horrores, por toda la comarca. Cuando llamó a Sally Sawyer —ama de llaves en la granja de Seth Bishop, la finca más próxima a la de los Whateley—, le tocó escuchar en lugar de hablar, pues el hijo de Sally, Chauncey, que no podía dormir, había subido por la ladera en dirección a la casa de los Whateley y bajó corriendo a toda prisa aterrado de espanto, tras echar una mirada a la granja y al pastizal donde habían pasado la noche las vacas de los Bishop.

—Sí, Mrs. Corey —dijo Sally con voz trémula desde el otro lado del hilo telefónico—. Chauncey acaba de regresar despavorido, y casi no podía ni hablar del miedo que traía. Dice que la casa entera del viejo Whateley ha volado por los aires y que hay un montón de restos de madera desperdigados por el suelo, como si hubiese estallado una carga de dinamita en su interior. Apenas queda otra cosa que el suelo de la planta baja, pero está enteramente cubierto por una especie de sustancia viscosa que huele horriblemente y corre por el suelo hasta donde están los trozos de madera desparramados. Y en el corral hay unas huellas espantosas, unas tremendas huellas de forma circular, más grandes que la tapa de un tonel, y todo está lleno de esa sustancia pegajosa que se ve en la casa destruida. Chauncey dice que el reguero llega hasta el pastizal, donde hay una franja de tierra mucho más grande que un establo totalmente aplastada y que por todos los sitios se ven vallas de piedra caídas por el suelo.

«Chauncey dice, Mrs. Corey, que se quedó aterrado a la vista de las vacas de Seth. Las encontró en los pastizales altos, muy cerca de Devil's Hop Yard, pero daba pena verlas. La mitad estaban muertas y a casi el resto de las que quedaban les habían chupado la sangre, y tenían unas llagas igualitas que las que le salieron al ganado de Whateley a partir del día en que nació el rapaz negro de Lavinia. Seth ha salido a ver cómo están las vacas, aunque dudo mucho que se acerque a la granja del brujo Whateley. Chauncey no se paró a mirar qué dirección seguía el gran sendero aplastado una vez pasado el pastizal, pero cree que se dirigía hacia el camino del barranco que lleva al pueblo.

«Créame lo que le digo, Mrs. Corey, hay algo suelto por ahí que no me sugiere nada bueno, y pienso que ese negro de Wilbur Whateley —que tuvo el horrendo fin que merecía— está detrás de todo esto. No era un ser enteramente humano, y conste que no es la primera vez que lo digo. El viejo Whateley debía estar criando algo aún menos humano que él en esa casa toda tapiada con clavos. Siempre ha habido seres invisibles merodeando en tomo a Dunwich, seres invisibles que no tienen nada de humano ni presagian nada bueno.

«La tierra estuvo hablando anoche, y hacia el amanecer Chauncey oyó a las chotacabras armar tal griterío en el barranco de Cold Spring que no le dejaron dormir nada. Luego le pareció oír otro ruido débil hacia donde está la granja del brujo Whateley, una especie de rotura o crujido de madera, como si alguien abriese a lo lejos una gran caja o embalaje de madera. Entre unas cosas y otras no logró dormir lo más mínimo hasta bien entrado el día, y no mucho antes se levantó esta mañana. Hoy se propone volver a la finca de los Whateley a ver qué sucede por allí. Pero ya ha visto más que suficiente, se lo digo yo, Mrs. Corey. No sé qué pasara, aunque no presagia nada bueno. Los hombres deberían organizarse e intentar hacer algo. Todo esto es verdaderamente espantoso, y creo que se acerca mi turno. Sólo Dios sabe qué va a pasar.

«¿Le ha dicho algo Luther de la dirección que seguían las gigantescas huellas? ¿No? Pues bien, Mrs. Corey, si estaban en este lado del camino del barranco y todavía no se han dejado ver por su casa, supongo que deben haber descendido al fondo del barranco,

¿dónde si no podrían estar? De siempre he dicho que el barranco de Cold Spring no es un lugar saludable y no me inspira la menor confianza. Las chotacabras y las luciérnagas que hay en sus entrañas no parecen criaturas de Dios, y hay quienes dicen que pueden oírse extraños ruidos y murmullos allá abajo si uno se pone a escuchar en el lugar apropiado, entre la cascada y la Guarida del Oso.

A eso del mediodía, las tres cuartas partes de los hombres y jóvenes de Dunwich salieron a dar una batida por los caminos y prados que había entre las recientes ruinas de lo que fuera la finca de los Whateley y el barranco de Cold Spring, comprobando aterrados con sus propios ojos las grandes y monstruosas huellas, las agonizantes vacas de Bishop, toda la misteriosa y apestosa desolación que reinaba sobre el lugar y la vegetación aplastada y pulverizada por los campos y a orillas de la carretera. Fuese cual fuese el mal que se había desatado sobre la comarca era seguro que se encontraba en el fondo de aquel enorme y tenebroso barranco, pues todos los árboles de las laderas estaban doblados o tronchados, y una gran avenida se había abierto por entre la maleza que crecía en el precipicio. Daba la impresión de que una avalancha hubiese arrastrado toda una casa entera, precipitándola por la enmarañada floresta de la vertiente casi cortada a pico. Ningún ruido llegaba del fondo del barranco, tan sólo se percibía un lejano e indefinible hedor. No tiene nada de extraño, pues, que los hombres prefieran quedarse al borde del precipicio y ponerse a discutir, en lugar de bajar y meterse de lleno en el cubil de aquel desconocido horror ciclópeo. Tres perros que acompañaban al grupo se lanzaron a ladrar furiosamente en un primer momento, pero una vez al borde del barranco cesaron de ladrar y parecían amedrentados e intranquilos. Alguien llamó por teléfono al Aylesbury Chronicle para comunicar la noticia, pero el director, acostumbrado a oír las más increíbles historias procedentes de Dunwich, se limitó a redactar un artículo humorístico sobre el tema, artículo que posteriormente sería reproducido por la Associated Press.

Aquella noche todos los vecinos de Dunwich y su comarca se recogieron en casa, y no hubo granja o establo en que no se obstruyera la puerta lo más sólidamente posible. Huelga decir que ni una sola cabeza de ganado pasó la noche en los pastizales. Hacia las dos de la mañana un irrespirable hedor y los furiosos ladridos de los perros despertaron a la familia de Elmer Frye, cuya granja se hallaba situada al extremo este del barranco de Cold Spring, y todos coincidieron en decir haber oído afuera una especie de chapoteo o golpe seco. Mrs. Frye propuso telefonear inmediatamente a los vecinos, pero cuando su marido estaba a punto de decirle que lo hiciese se oyó un crujido de madera que vino a interrumpir sus deliberaciones. Al parecer, el ruido procedía del establo, y fue seguido al punto por escalofriantes mugidos y pataleos de las vacas. Los perros se pusieron a echar espumarajos por la boca y se acurrucaron a los pies de los miembros de la familia Frye, despavoridos de terror. El dueño de la casa, movido por la fuerza de la costumbre, encendió un farol, pero sabía bien que salir fuera al oscuro corral significaba la muerte. Los niños y las mujeres lloriqueaban, pero evitaban hacer todo ruido obedeciendo a algún oscuro y atávico sentido de conservación que les decía que sus vidas dependían de que guardasen absoluto silencio. Finalmente, el ruido del ganado remitió hasta no pasar de lastimeros mugidos, seguido de una serie de chasquidos, crujidos y fragores impresionantes. Los Frye, apiñados en el salón, no se atrevieron a moverse para nada hasta que no se desvanecieron los últimos ecos ya muy en el interior del barranco de Cold Spring. Luego, entre los débiles mugidos que seguían saliendo del establo y los endiablados chirridos de las últimas chotacabras aún despiertas en el fondo del barranco, Selina Frye se acercó, tambaleándose, al teléfono y difundió a los cuatro vientos cuanto sabía sobre la segunda fase del horror.

Al día siguiente, la comarca entera era presa de un pánico atroz, y podía verse un continuo trasiego de atemorizados y silenciosos grupos de gente que se acercaban al lugar donde se había producido el horripilante acontecimiento nocturno. Dos impresionantes franjas de destrucción se extendían desde el barranco hasta la granja de Frye, en tanto unas monstruosas huellas cubrían la tierra desprovista de toda vegetación y una fachada del viejo establo pintado de rojo se hallaba tirada por el suelo. De los animales, sólo se logró encontrar e identificar a la cuarta parte. Algunas de las vacas estaban pulverizadas en pequeños fragmentos y a las que sobrevivieron no hubo más remedio que sacrificarlas. Earl Sawyer propuso ir en busca de ayuda a Arkham o Aylesbury, pero muchos rechazaron su propuesta por estimarla inútil. El anciano Zebulón Whateley, de una rama de la familia a caballo entre el sano juicio y la degradación, aventuró, de forma harto increíble, que lo mejor sería celebrar rituales en las cumbres montañosas. De siempre se habían observado escrupulosamente en su familia las tradiciones y sus recuerdos de cantos en los grandes círculos de piedra no tenían nada que ver con lo que pudieran haber hecho Wilbur y su abuelo.

La noche se hizo sobre la consternada comarca de Dunwich, demasiado pasiva para lograr poner en marcha una eficaz defensa contra la amenaza que se cernía sobre ella. En algunos casos, las familias con estrechos vínculos se cobijaron bajo un mismo techo para estar ojo avizor en medio de la cerrada oscuridad nocturna, pero, por lo general, volvieron a repetirse las escenas de levantamiento de barricadas de la noche precedente y los fútiles e ineficaces gestos de cargar los herrumbrosos mosquetes y colocar las horcas al alcance de la mano. Sin embargo, aquella noche no aconteció nada nuevo salvo algún que otro ruido intermitente en la montaña, y al despuntar el día muchos confiaban que el nuevo horror hubiese desaparecido con igual presteza con que se presentó. Incluso había algunos espíritus temerarios que proponían lanzar una expedición de castigo al fondo del barranco, si bien no se aventuraron a predicar con el ejemplo a una mayoría que, en principio, no parecía dispuesta a seguirles.

Al caer de nuevo la noche volvieron a repetirse las escenas de las barricadas, aunque esta vez fueron menos las familias que se agruparon bajo un mismo techo. A la mañana siguiente, tanto en la granja de Frye como en la de Bishop pudo advertirse cierta agitación entre los perros e indefinidos sonidos y fétidos olores en la lejanía, mientras que los expedicionarios más madrugadores se horrorizaron al ver de nuevo, y recientes, las monstruosas huellas en el camino que orillaba Sentinel Hill. Al igual que en ocasiones anteriores, los bordes del camino estaban aplastados, indicio de que por allí había pasado el imponente y monstruoso horror infernal que asolaba la comarca. Esta vez la conformación de las huellas parecía sugerir que había marchado en ambas direcciones, como si una montaña movediza hubiese salido del barranco de Cold Spring para regresar posteriormente por la misma senda. Al pie de la montaña podía verse por lo más abrupto una franja de unos treinta pies de anchura, de matorrales y arbolillos aplastados, y quienes aquello veían no salían de su asombro al comprobar que ni siquiera las más empinadas pendientes hacían torcer la trayectoria del inexorable sendero. Fuese lo que fuese, aquel horror podía escalar paredes de roca desnuda y cortadas a pico. Como los expedicionarios optasen por subir a la cima por una ruta más segura, se encontraron con que una vez arriba terminaban las huellas… o, mejor dicho, daban la vuelta.

Era precisamente allí, en la cumbre de Sentinel Hill, donde los Whateley solían celebrar sus diabólicas hogueras y entonar sus no menos infernales rituales ante la piedra con forma de mesa en las fechas de la Víspera de Mayo y de Todos los Santos. Ahora, la piedra constituía el centro de una amplia extensión de terreno arrasado por el horror de la montaña, mientras que encima de su superficie ligeramente cóncava podía verse una masa espesa y fétida de la misma sustancia bituminosa que había en el piso de la derruida granja de los Whateley cuando el horror se alejó de allí. Los hombres se miraron unos a otros y se susurraron algo al oído. Luego, dirigieron la mirada hacia abajo. Al parecer, el horror había descendido prácticamente por el mismo sendero por el que había ascendido. Toda especulación holgaba. La razón, la lógica y las ideas normales que pudieran ocurrírseles se hallaban sumidas en el más completo marasmo. Sólo el anciano Zebulón, que no iba acompañando al grupo, habría sabido apreciar en su justo término la situación o hallar una posible explicación a todo ello.

La noche del jueves comenzó igual que casi todas las precedentes, pero acabó bastante peor. Las chotacabras del barranco no pararon de chirriar ni un momento armando tal estrépito que fueron muchos los vecinos de Dunwich que no lograron conciliar el sueño, y a eso de las tres de la madrugada todos los teléfonos de la localidad se pusieron a sonar trémulamente. Quienes descolgaron el auricular oyeron a una aterrada voz proferir en tono desgarrador «¡Socorro! ¡Dios mío!…», y algunos creyeron escuchar un estruendoso ruido, tras lo cual la voz se cortó. No se oyó ni un sonido más. Pero nadie se atrevió a salir y hasta la mañana siguiente no se supo de dónde procedía la llamada. Todos cuantos la escucharon se llamaron por teléfono entre sí, advirtiendo que únicamente no contestaban en casa de los Frye. La verdad se descubrió al cabo de una hora cuando, tras juntarse a toda prisa, un grupo de hombres armados se dirigió a la finca de los Frye que estaba en la boca misma del barranco. Lo que allí se veía era espantoso, pero en modo alguno constituía una sorpresa. Había nuevas franjas aplastadas y monstruosas huellas. La casa de los Frye se había hundido como si del cascarón de un huevo se tratase, y entre las ruinas no pudo encontrarse resto alguno vivo o muerto. Sólo un insoportable hedor y una viscosidad bituminosa. La familia Frye había sido por completo borrada de la faz de Dunwich.

Capítulo 8

Entre tanto, en Arkham, tras la puerta cerrada de una estancia con las paredes repletas de estanterías, se desarrollaba otra fase del horror, algo más apacible pero no menos estimulante desde una perspectiva espiritual. El extraño manuscrito o diario de Wilbur Whateley, entregado a la Universidad de Miskatonic para su oportuna traducción, había sido la causa de muchos quebraderos de cabeza y no pocas muestras de desconcierto entre los especialistas en lenguas antiguas y modernas del claustro. Su mismo alfabeto, no obstante la similitud que a primera vista guardaba con la variante del árabe hablado en Mesopotamia, resultaba totalmente desconocido a las autoridades en la materia. La conclusión final de los lingüistas fue que el texto representaba un alfabeto artificial, debiendo tratarse de criptogramas, aunque ninguno de los métodos criptográficos normalmente utilizados pudo aportar la menor pista para su desciframiento, no obstante aplicarse en función de las lenguas que se suponía conocía el autor de aquellas páginas. En cuanto a los antiguos libros encontrados en el domicilio de los Whateley, si bien presentaban un gran interés y en varios casos prometían abrir nuevas y tenebrosas vías de investigación entre los filósofos y hombres de ciencia, no contribuyeron para nada a dilucidar el enigma. Uno de ellos, un pesado volumen con un cierre metálico, estaba escrito en otro alfabeto igualmente desconocido, si bien sus caracteres eran muy diferentes y guardaba cierta semejanza con el sánscrito. Finalmente, el viejo libro mayor cayó en manos del Dr. Armitage, y ello tanto en atención al especial interés que había demostrado en el caso Whateley como por sus vastos conocimientos lingüísticos y experiencia en las fórmulas místicas de la antigüedad y del medioevo.

Armitage sabía que el alfabeto era utilizado con fines esotéricos por ciertos cultos arcanos procedentes de épocas pasadas y que habían adoptado numerosos rituales y tradiciones de los zahoríes del mundo sarraceno. Ahora bien, aquello no pasaba de tener una importancia secundaria, pues no era necesario conocer el origen de los símbolos si, como sospechaba, eran utilizados a modo de criptogramas dentro de una lengua moderna. Estaba persuadido de que, habida cuenta de la voluminosa cantidad de texto que contenía, el autor difícilmente se habría tomado la molestia de utilizar otra

---

lengua que la suya, salvo quizá a la hora de expresar ciertas fórmulas mágicas o conjuros especiales. En consecuencia, se dispuso a atacar el manuscrito partiendo de la hipótesis de que el grueso del mismo se hallaba en inglés.

Armitage sabía muy bien, tras los repetidos fracasos de sus colegas, que el enigma que encerraba aquel texto resultaría difícil de desentrañar y sería tarea harto dificultosa, por lo que había que desechar cualquier intento de aplicar métodos sencillos de investigación. La última decena de agosto la dedicó a recopilar todos los tratados de criptografía que pudo encontrar, echando mano de la copiosa bibliografía con que contaba la biblioteca y descifrando noche tras noche los saberes arcanos que se ocultaban en textos como la Poligraphia de Tritomio, el De furtivis literarum notis de Giambattista Porta, el Traité des chiffres de De Vigenere, el Cryptomenysis patefacta de Falconer, los tratados del siglo XVIII de Davys y Thicknesse y otros de autoridades en la materia tan recientes como Blair, Von Marten, amén de los escritos de Klüber. Con el tiempo acabó por convencerse de que se enfrentaba a uno de esos criptogramas especialmente sutiles e ingeniosos en los que muchas listas de letras separadas y que se corresponden entre sí se hallan dispuestas como si se tratara de una tabla de multiplicar, construyéndose el mensaje a partir de palabras clave arbitrarias sólo conocidas por los iniciados. Las autoridades de mayor antigüedad parecían ser de ayuda bastante más valiosa que las de épocas más recientes, de lo que Armitage dedujo que el código del manuscrito debía tener una gran antigüedad, transmitido sin duda a través de toda una larga cadena de ensayistas místicos. Varias veces pareció estar a punto de ver la luz esclarecedora, pero, de repente, algún obstáculo imprevisto le hacía retroceder en la marcha de la investigación. Hasta que, prácticamente ya encima septiembre, las nubes empezaron a clarear. Ciertas letras, tal como estaban utilizadas en determinados pasajes del manuscrito, fueron identificadas definitiva e inequívocamente, poniéndose de manifiesto que el texto se hallaba escrito en inglés.

En la tarde del 2 de septiembre cayó, por fin, la última barrera importante que se interponía a la inteligibilidad del texto, y Armitage vio coronados sus esfuerzos al leer por vez primera un pasaje entero de los anales de Wilbur Whateley. En realidad se trataba de un diario, como todo hacía suponer, y estaba redactado en un estilo que mostraba claramente una mezcolanza de profunda erudición en el

---

campo de las ciencias ocultas y de incultura general por parte del extraño ser que lo escribió.

Ya el primer pasaje extenso que logró descifrar Armitage —una anotación fechada el 26 de noviembre de 1916— resultó harto asombroso e intranquilizador. Recordó que el autor de aquellas líneas era un niño de tres años y medio por entonces, si bien aparentaba ser un adolescente de doce o trece.

Hoy aprendí el Aklo para el Sabaoth (sic), pero no me gustó pues podía responderse desde la montaña y no desde el aire. Lo del piso de arriba me aventaja más de lo que pensaba y no parece que tenga mucho cerebro terrestre. Al ir a morderme maté de un tiro a Jack, el perro pastor de Elam Hutchins, y Elam dijo que si llegaba a morderme me mataría. Confío en que no lo haga. Anoche el abuelo me hizo pronunciar la fórmula mágica Dho y me pareció ver la ciudad secreta en los dos polos magnéticos. Una vez arrasada la tierra iré a esos polos, si es que no logro comprender la fórmula Dho-Hna cuando la aprenda. Los del aire me dijeron en el Sabat que la tarea de arrasar la tierra me llevará muchos años; para entonces supongo que ya habrá muerto el abuelo, así que voy a tener que aprender la posición de todos los ángulos de las superficies planas y todas las fórmulas mágicas que hay entre Yr y Nhhngr. Los del exterior me ayudarán, pero para cobrar forma corpórea requieren sangre humana. Parece que lo de arriba tendrá buen aspecto. Puedo vislumbrarlo cuando hago la señal Voorish o soplo los polvos de Ibu Ghazi, y se parece mucho a ellos el día de la Víspera de Mayo en la Montaña. La otra cara la encuentro algo borrosa. Me pregunto cómo seré cuando la tierra haya sido arrasada y no quede ni un solo ser sobre ella. El que vino con el Aklo Sabaoth dijo que podría transfigurarme para parecer menos del exterior y seguir haciendo cosas.

El amanecer encontró al Dr. Armitage sudoroso y despavorido de terror, totalmente enfrascado en su lectura. No había levantado los ojos del manuscrito en toda la noche. Sentado en su escritorio, a la luz de una lámpara eléctrica, fue pasando página tras página con temblorosa mano a medida que descifraba el críptico texto. En medio de semejante estado de agitación había telefoneado a su mujer para decirle que no iría a dormir aquella noche, y cuando a la mañana siguiente le llevó el desayuno a la biblioteca apenas probó bocado. No paró de leer ni un instante durante todo el día, deteniéndose con gran desesperación una que otra vez siempre que

---

71

se hacía necesario volver a aplicar la intrincada clave para desentrañar el texto. Le llevaron la comida y la cena a su despacho, pero apenas tomó una pizca. Al día siguiente, ya bien entrada la noche, se quedó adormecido sobre la silla, pero no tardaría en despertarse tras asaltarle unas pesadillas casi tan horribles como la amenaza que se cernía sobre la humanidad entera y que acababa de descubrir.

La mañana del 4 de septiembre el profesor Rice y el Dr. Morgan insistieron en ver a Armitage siquiera un momento, saliendo de la entrevista temblorosos y con el semblante demudado. Al anochecer Armitage se fue a la cama, pero sólo esporádicamente pudo conciliar el sueño. Al día siguiente, miércoles, volvió a enfrascarse en la lectura del manuscrito y tomó infinidad de notas, tanto de los pasajes que iba leyendo como de los ya descifrados. En la madrugada se quedó dormido unos momentos en un sillón del despacho, pero antes de que amaneciese ya estaba de nuevo con la vista sobre el manuscrito. Aún no habían dado las doce cuando su médico, el doctor Hartwell, fue a verle e insistió, por su propio bien, en la necesidad de que dejase de trabajar. Pero Armitage se negó a seguir los consejos del médico, alegando que para él era de vital importancia acabar de leer el diario, al tiempo que le prometía una explicación más detallada en su debido momento. Aquella tarde, justo en el momento en que empezaba a oscurecer, acabó su alucinante y agotadora lectura y se dejó caer sobre la silla totalmente exhausto. Su mujer, que acudió a llevarle la cena, le encontró postrado en un estado casi comatoso, pero Armitage aún conservaba la conciencia suficiente como para proferir un fenomenal grito, que la hizo retroceder, al advertir que sus ojos se posaban en las notas que había tomado. Levántandose a duras penas de la silla, recogió las hojas garrapateadas que había sobre la mesa y las metió en un gran sobre que guardó en el bolsillo interior del abrigo. Aún le quedaban fuerzas para regresar a casa por su propio pie, pero era tan evidente que precisaba de auxilios médicos que hubo que llamar urgentemente al doctor Hartwell. Al irse a la cama, siguiendo las indicaciones del médico, no cesaba de repetir una y otra vez «Pero ¿qué hacer, Dios mío?, ¿qué hacer?»

Armitage durmió toda aquella noche, pero al día siguiente estuvo delirando a intervalos. No dio ninguna explicación al doctor Hartwell, pero en sus momentos de lucidez hablaba de la imperiosa necesidad de mantener una larga reunión con Rice y Morgan. No había quien entendiera sus desvaríos, en los que hacía desesperados llamamientos para que se destruyera algo que decía se encontraba en una casa herméticamente cerrada con tablones, al tiempo que hacía increíbles alusiones a un plan para eliminar de la faz de la tierra a toda la especie humana, y a toda la vida vegetal y animal, que se proponía llevar a cabo una terrible y antiquísima raza de seres procedentes de otras dimensiones siderales. En sus gritos decía cosas tales como el mundo estaba en peligro, pues los Seres Ancianos se habían propuesto desmantelarlo y barrerlo del sistema solar y del cosmos de la materia para sumirlo en otro nivel, o fase incorpórea, del que había salido hacía billones y billones de milenios. En otros momentos pedía que le trajera el temible Necronomicón y el Daemonolatreia de Remigio, volúmenes ambos en los que estaba persuadido de encontrar la fórmula mágica con la que conjurar tan aterrador peligro.

—¡Hay que detenerlos, hay que detenerlos como sea! —se lanzaba a gritar desesperadamente—. Los Whateley se proponen abrirles el camino, y lo peor de todo aún está por llegar. Digan a Rice y Morgan que hay que hacer algo. Es una operación que entraña un gran peligro, pero yo sé cómo fabricar los polvos... No ha recibido ningún alimento desde el 2 de agosto, el día en que Wilbur vino a morir aquí, y a estas alturas...

Pero Armitage, pese a sus setenta y tres años, tenía aún una naturaleza resistente y el trastorno se le pasó en el curso de la noche, y no vino acompañado de fiebres. El viernes se levantó ya avanzado el día, con la cabeza despejada, aunque con el semblante adusto por el miedo que le roía las entrañas y por la tremenda responsabilidad que ahora pesaba sobre él. El sábado por la tarde se sintió con fuerzas para ir a la biblioteca y mantener una reunión con Rice y Morgan; los tres hombres estuvieron devanándose los sesos el resto del día con las más increíbles especulaciones y los más alucinantes debates. Sacaron montones de terribles libros sobre saberes arcanos de las estanterías y de los lugares donde estaban encerrados a buen recaudo, y estuvieron copiando esquemas y fórmulas mágicas con febril premura y en cantidades ingentes. No cabía la menor duda al respecto. Los tres habían visto el agonizante cuerpo de Wilbur Whateley postrado en una estancia de aquel mismo edificio, por lo que a ninguno de ellos se le pasó siquiera por la cabeza considerar el diario como los delirios de un loco.

Las opiniones sobre la conveniencia de dar cuenta a la policía de

Masachusetts estaban encontradas, imponiéndose la negativa en última instancia. Había cosas en todo aquello que resultaban muy difíciles, por no decir imposibles, de creer por quienes no estaban al tanto de todo lo que allí sucedía, como muy bien se vería tras varias investigaciones realizadas con posterioridad a los hechos. Ya entrada la noche la sesión se levantó sin que hubieran trazado un plan definitivo, pero durante todo el domingo Armitage estuvo ocupado cotejando fórmulas mágicas y haciendo combinaciones de productos químicos sacados del laboratorio de la universidad. Cuanto más pensaba en el infernal diario, más dudas le asaltaban sobre la eficacia de cualquier agente material para destruir al ser que Wilbur Whateley había dejado tras de sí... el amenazador ser, desconocido para él, que unas horas después habría de abatirse sobre la localidad y acabaría siendo trágicamente conocido por el horror de Dunwich.

El lunes apenas difirió de la víspera para Armitage, pues la tarea en que estaba embarcado requería continuas búsquedas y experimentos. Nuevas consultas del diario de aquel monstruoso ser trajeron como consecuencia una serie de cambios en el plan originalmente trazado, y, con todo, sabía que al final seguiría adoleciendo de grandes fallas y riesgos. Para el martes ya había esbozado una línea precisa de actuación y creía que en menos de una semana estaría en condiciones de trasladarse a Dunwich. Pero con el miércoles vino la gran conmoción. Casi inadvertido, en una esquina del Arkham Advertiser, podía verse un pequeño despacho de la agencia Associated Press en el que se comentaba en tono jocoso que el whisky introducido de contrabando en Dunwich había producido un monstruo que batía todos los récords. Armitage, sobrecogido ante la noticia, telefoneó al instante a Rice y a Morgan. Hasta bien entrada la noche estuvieron debatiendo los planes a seguir, y al día siguiente se lanzaron apresuradamente a hacer los preparativos para el viaje. Armitage sabía muy bien que iban a tener que habérselas con pavorosas fuerzas, pero también veía claramente que era el único medio de acabar con aquel maléfico embrollo que otros antes que él habían venido a complicar y agravar.

Capítulo 9

El viernes por la mañana Armitage, Rice y Morgan salieron en automóvil hacia Dunwich, llegando al pueblo sobre la una de la tarde. Hacía un día espléndido, pero hasta en el fuerte sol reinante parecía presagiarse una inquietante calma, como si algo espantoso se cerniese sobre aquellas montañas extrañamente rematadas en forma de bóveda y sobre los profundos y sombríos barrancos de la asolada región. De vez en cuando podía divisarse recortado contra el cielo un lúgubre círculo de piedras en las cumbres montañosas. Por la atmósfera de silenciosa tensión que se respiraba en la tienda de Osborn, los tres investigadores comprendieron que algo horrible había sucedido, y pronto se enteraron de la desaparición de la casa y de la familia entera de Elmer Frye. Durante toda la tarde estuvieron recorriendo los alrededores de Dunwich, preguntando a la gente qué había sucedido y viendo con sus propios ojos, en medio de un creciente horror, las pavorosas ruinas de la casa de los Frye con sus persistentes restos de aquella sustancia bituminosa, las espantosas huellas dejadas en el corral, el ganado malherido de Seth Bishop y las impresionantes franjas de vegetación arrasada que había por doquier. El sendero dejado a todo lo largo de Sentinel Hill le pareció a Armitage de una significación casi devastadora, y durante un buen rato se quedó mirando la siniestra piedra en forma de altar que se divisaba en la cima.

Finalmente, los investigadores de Arkham, enterados de que aquella misma mañana habían llegado unos policías de Aylesbury en respuesta a las primeras llamadas telefónicas dando cuenta de la tragedia acaecida a los Frye, resolvieron ir en busca de los agentes y contrastar con ellos sus impresiones sobre la situación. Pero una cosa fue decirlo y otra hacerlo, pues no se veía a los policías por ninguna parte. Habían venido en total cinco en un coche, que se encontró abandonado en un lugar próximo a las ruinas del corral de Elmer Frye. Las gentes de la localidad, que hacía tan sólo un rato habían estado hablando con los policías, se hallaban tan perplejas como Armitage y sus compañeros. Fue entonces cuando al viejo Sam Hutchins se le vino a la cabeza una idea y, lívido, dio un codazo a Fred Farr al tiempo que apuntaba hacia el profundo y rezumante abismo que se abría frente a ellos.

—¡Dios mío! —dijo jadeando—. ¡Mira que les advertí que no

bajasen al barranco! Jamás se me ocurrió que fuera a meterse nadie ahí con esas huellas y ese olor y con las chotacabras armando tal griterío a plena luz del día...

Un escalofrío se apoderó de todos los allí congregados —granjeros e investigadores— al oír las palabras del viejo Hutchins, y todos aguzaron instintivamente el oído. Armitage, ahora que se encontraba por vez primera frente al horror y su destructiva labor, no pudo evitar temblar ante la responsabilidad que se le venía encima. Pronto caería la noche sobre la comarca, las horas en que la gigantesca monstruosidad salía de su cubil para proseguir sus pavorosas incursiones. Negotium perambulans in tenebris... El anciano bibliotecario se puso a recitar la fórmula mágica que había aprendido de memoria, al tiempo que estrujaba con la mano el papel en que se contenía la otra fórmula alternativa que no había memorizado. Seguidamente, comprobó que su linterna se encontraba en perfecto estado. Rice, que estaba a su lado, sacó de un maletín un pulverizador de esos que se utilizan para combatir los insectos, mientras Morgan desenfundaba el rifle de caza en el que seguía confiando pese a las advertencias de sus compañeros de que las armas no valdrían de nada frente a tan monstruoso ser.

Armitage, que había leído el estremecedor diario de Wilbur, sabía muy bien qué clase de materialización podía esperarse, pero no quiso atemorizar más a los vecinos de Dunwich con nuevas insinuaciones o pistas. Esperaba poder librar al mundo de aquel horror sin que nadie se enterase de la amenaza que se cernía sobre la humanidad entera. A medida que la oscuridad fue haciéndose más densa los vecinos de Dunwich comenzaron a dispersarse y emprendieron el regreso a casa, ansiosos por encerrarse en su interior pese a la evidencia de que no había cerrojo o cerradura que pudiese resistir los embates de un ser de tal descomunal fuerza que podía tronchar árboles y triturar casas a su antojo. Sacudieron la cabeza al enterarse del plan que tenían los investigadores de permanecer de guardia en las ruinas de la granja de Frye, próxima al barranco. Al despedirse de ellos, apenas albergaban esperanzas de volver a verlos con vida a la mañana siguiente.

Aquella noche se oyó un enorme fragor en las montañas y las chotacabras chirriaron con endiablado estrépito. De vez en cuando, el viento que subía del fondo del barranco de Cold Spring traía un hedor insoportable a la ya cargada atmósfera nocturna, un hedor como el que aquellos tres hombres ya habían percibido en una

---

76

anterior ocasión al encontrarse frente a aquella moribunda criatura que durante quince años y medio pasó por un ser humano. Pero la tan esperada monstruosidad no se dejó ver en toda la noche. No cabía duda, lo que había en el fondo del barranco aguardaba el momento propicio, y Armitage dijo a sus compañeros que sería suicida intentar atacarlo en medio de la oscuridad nocturna.

Al amanecer cesaron los ruidos. El día se levantó gris, desapacible y con ocasionales ráfagas de lluvia, mientras oscuros nubarrones se acumulaban d el otro lado de la montaña en dirección noroeste. Los tres científicos de Arkham no sabían qué hacer. Comoquiera que la lluvia arreciase se guarecieron bajo una de las pocas construcciones de la granja de los Frye que aún quedaban en pie, en donde debatieron la conveniencia de seguir esperando o arriesgarse y bajar al fondo del barranco a la caza de la monstruosa y abominable presa. El aguacero arreciaba por momentos y en la lejanía se oía el fragor producido por los truenos, en tanto que el cielo resplandecía por los relámpagos que lo rasgaban, y muy cerca de donde se encontraban se vio caer un rayo, como si directamente se dirigiese al maldito barranco. El cielo se oscureció totalmente, y los tres científicos esperaban que la tormenta, aunque violenta, pasara rápidamente y luego esclareciera.

Aún seguía cubierto de oscuros nubarrones el cielo cuando, no haría siquiera una hora, hasta ellos llegó un auténtico babel de voces que se acercaba por el camino. Al poco, pudo divisarse un grupo despavorido integrado por algo más de una docena de hombres que venían corriendo, y no cesaban de gritar y hasta de sollozar histéricamente. Uno de los que marchaban a la cabeza prorrumpió a balbucir palabras sin sentido, sintiendo un pavoroso escalofrío los investigadores de Arkham cuando las palabras adquirieron coherencia.

—¡Oh, Dios mío, Dios mío! —se oyó decir a alguien con una vez entrecortada—. ¡Vuelve de nuevo, y esta vez en pleno día! ¡Ha salido, ha salido y se mueve en estos momentos! ¡Que el Señor nos proteja!

Tras oírse unos jadeos, la voz se sumió en el silencio, pero otro de los hombres retomó el hilo de lo que decía el primero.

—Hace casi una hora Zeb Whateley oyó sonar el teléfono. Quien llamaba era Mrs. Corey, la mujer de George, el que vive abajo en el cruce. Dijo que Luther, el mozo, había salido en busca de las vacas al ver el tremendo rayo que cayó, cuando observó que los árboles se doblaban en la boca del barranco —del lado opuesto de la vertiente— y percibió el mismo hedor que se respiraba en las inmediaciones de las grandes huellas el lunes por la mañana. Y según ella, Luther dijo haber oído una especie de crujido o chapoteo, un ruido mucho más fuerte que el producido por los árboles o arbustos al doblarse, y de repente los árboles que había a orillas del camino se inclinaron hacia un lado y se oyó un horrible ruido de pisadas y un chapoteo en el barro. Pero, aparte de los árboles y la maleza doblados, Luther no vio nada.

Luego, más allá de donde el arroyo Bishop pasa por debajo del camino pudo oír unos espantosos crujidos y chasquidos en el puente, y dijo que parecía como si fuese madera que estuviese resquebrajándose. Pero, aparte de los árboles y los matorrales doblados, no vio nada en absoluto. Y cuando los crujidos se perdieron a lo lejos —en el camino que lleva a la granja del brujo Whateley y a la cumbre de Sentinel Hill—, Luther tuvo el valor de acercarse al lugar donde se oyeron los ruidos primero y se puso a mirar al suelo. No se veía otra cosa que agua y barro, el cielo estaba encapotado y la lluvia que caía empezaba a borrar las huellas, pero cerca de la boca del barranco, donde los árboles se hallaban caídos por el suelo, aún había unas horribles huellas tan gigantescas como las que vio el lunes pasado.

Al llegar aquí, tomó la palabra el hombre que había hablado en primer lugar.

—Pero eso no es lo malo; eso fue sólo el principio. Zeb convocó a la gente y todos estaban escuchando cuando se cortó una llamada telefónica que hacían desde la casa de Seth Bishop. Sally, la mujer de Seth, no paraba de hablar. en tono muy acalorado, acababa de ver los árboles tronchados al borde del camino, y dijo que una especie de ruido acorchado, parecido al de las pisadas de un elefante, se dirigía hacia la casa. Luego, dijo que un olor espantoso se metió de repente por todos los rincones de la casa y que su hijo Chauncey no cesaba de gritar que el olor era idéntico al que había en las ruinas de la granja de Whateley el lunes por la mañana. Y, a todo esto, los perros no paraban de lanzar horribles aullidos y ladridos.

«De repente, Sally pegó un fenomenal grito y dijo que el cobertizo que había junto al camino se había derrumbado como si la tormenta se lo hubiese llevado por delante, sólo que apenas corría viento para pensar en algo así. Todos escuchábamos con atención y a través del hilo podía oírse el jadeo de multitud de gargantas pegadas al teléfono. De repente, Sally volvió a proferir un espantoso grito y dijo que la cerca que había delante de la casa acababa de derrumbarse, aunque no se veía la menor señal que indicara a qué podría deberse. Luego, todos los que estaban pegados al hilo oyeron chillar también a Chauncey y al viejo Seth Bishop, y Sally decía a gritos que algo enorme había caído encima de la casa, no un rayo ni nada por el estilo, sino algo descomunal que se abalanzaba contra la fachada y los embates eran constantes, aunque no se veía nada a través de las ventanas. Y luego... y luego...

El terror podía verse reflejado en todos los rostros, y Armitage, aun cuando no estaba menos aterrado, tuvo el aplomo suficiente para decirle a quien tenía la palabra que prosiguiera.

—Y luego... luego, Sally lanzó un grito estremecedor y dijo «¡Socorro! ¡La casa se viene abajo!»... y desde el otro lado del hilo pudimos oír un fenomenal estruendo y un espantoso griterío... igual que pasó con la granja de Elmer Frye, sólo que esta vez peor...

El hombre que hablaba hizo una pausa, y otro de los que venía en el grupo prosiguió el relato.

—Eso fue todo. No volvió a oírse ni un ruido ni un chillido más. Sólo el más absoluto silencio. Quienes lo escuchamos sacamos nuestros coches y furgonetas, y a continuación nos reunimos en casa de Corey todos los hombres sanos y robustos que pudimos encontrar, y hemos venido hasta aquí para que nos aconsejen qué hacer ahora. Es posible que todo sea un castigo del Señor por nuestras iniquidades, un castigo del que ningún mortal puede escapar.

Armitage comprendió que había llegado el momento de hacer algo y, con aire resuelto, se dirigió al vacilante grupo de despavoridos campesinos.

—No queda más remedio que seguirlo, señores —dijo tratando de dar a su voz el tono más tranquilizador posible—. Creo que hay una posibilidad de acabar de una vez por todas con lo que quiera que sea ese monstruo. Todos ustedes conocen de sobra la fama de brujos que tenían los Whateley, pues bien, este abominable ser tiene mucho de brujería, y para acabar con él hay que recurrir a los mismos procedimientos que utilizaban ellos. He visto el diario de Wilbur Whateley y examinado algunos de los extraños y antiguos libros que acostumbraba a leer, y creo conocer el conjuro que debe pronunciarse para que desaparezca para siempre. Naturalmente, no puede hablarse de una seguridad total, pero vale la pena intentarlo.

Es invisible —como me imaginaba—, pero este pulverizador de largo alcance contiene unos polvos que deben hacerlo visible por unos instantes. Dentro de un rato vamos a verlo. Es realmente un ser pavoroso, pero aún hubiese sido mucho peor si Wilbur hubiese seguido con vida. Nunca llegará a saberse bien de qué se libró la humanidad con su muerte. Ahora sólo tenemos un monstruo contra el que luchar, pero sabemos que no puede multiplicarse. Con todo, es posible que cause aún mucho daño, así que no hemos de dudar a la hora de librar al pueblo de semejante monstruo.

«Hay que seguirlo, pues, y la forma de hacerlo es ir a la granja que acaba de ser destruida. Que alguien vaya delante, pues no conozco bien estos caminos, pero supongo que debe haber un atajo. ¿Están de acuerdo?

Los hombres se movieron inquietos sin saber qué hacer, y Earl Sawyer, apuntando con un dedo tiznado por entre la cortina de lluvia que amainaba por momentos, dijo con voz suave: «Creo que el camino más rápido para llegar a la granja de Seth Bishop es atravesar el prado que se ve ahí abajo y vadear el arroyo por donde es menos profundo, para subir luego por las rastrojeras de Carrier y los bosques que hay a continuación. Al final se llega al camino alto que pasa a orillas de la granja de Seth, que está del otro lado.»

Armitage, Rice y Morgan se pusieron a caminar en la dirección indicada, mientras la mayoría de los aldeanos marchaban lentamente tras ellos. El cielo empezaba a clarear y todo parecía indicar que la tormenta había pasado. Cuando Armitage tomaba involuntariamente una dirección equivocada, Joe Osborn se lo indicaba y se ponía delante para mostrar el camino. El valor y la confianza de los hombres del grupo crecían por momentos, aunque la luz crepuscular de la frondosa ladera casi cortada a pico que había al final del atajo —por entre cuyos fantásticos y añejos árboles hubieron de trepar cual si de una escalera se tratase— pusieron tales cualidades a prueba.

Al final, llegaron a un camino lleno de barro justo al tiempo que salía el sol. Se hallaban algo más allá de la finca de Seth Bishop, pero los árboles tronchados y las inequívocas y horribles huellas eran buena prueba de que ya había pasado por allí el monstruo. Apenas se detuvieron unos momentos a contemplar los restos que quedaban en torno al gran hoyo. Era exactamente lo mismo que sucedió con los Frye, y nada vivo ni muerto podía verse entre las ruinas de lo que en otro tiempo fueran la granja y el establo de los Bishop. Nadie quiso

---

permanecer allí mucho tiempo entre aquel hedor insoportable y aquella viscosidad bituminosa; todos volvieron instintivamente al sendero de espantosas huellas que se dirigían hacia la granja en ruinas de los Whateley y las laderas coronadas en forma de altar de Sentinel Hill.

Al pasar ante lo que fuera morada de Wilbur Whateley, todos los integrantes del grupo se estremecieron visiblemente y sus ánimos comenzaron a flaquear. No tenía nada de divertido seguir la pista de algo tan grande como una casa y no lograr verlo, si bien podía respirarse en el ambiente una maléfica presencia infernal. Frente al pie de Sentinel Hill las huellas dejaban el camino y podía apreciarse aún fresca la vegetación aplastada y tronchada a lo largo de la ancha franja que marcaba el camino seguido por el monstruo en su anterior subida y descenso de la montaña.

Armitage sacó un potente catalejo y se puso a escrutar las verdes laderas de Sentinel Hill. Seguidamente, se lo pasó a Morgan, que gozaba de una visión más aguda. Tras mirar unos instantes por el aparato Morgan lanzó un pavoroso grito, pasándoselo seguidamente a Earl Sawyer a la vez que le señalaba con el dedo un determinado punto de la ladera. Sawyer, tan desmañado como la mayoría de quienes no están acostumbrados a utilizar instrumentos ópticos, estuvo dándole vueltas unos segundos hasta que finalmente, y gracias a la ayuda de Armitage, logró centrar el objetivo. Al localizar el punto, su grito aún fue más estridente que el de Morgan.

—¡Dios Todopoderoso, la hierba y los matorrales se mueven! Está subiendo… lentamente… como si reptara… en estos momentos llega a la cima. ¡Que el cielo nos ampare!

El germen del pánico pareció cundir entre los expedicionarios. Una cosa era salir a la caza del monstruoso ser, y otra muy distinta encontrarlo. Era muy posible que los conjuros funcionaran, pero ¿y si fallaban? Empezaron a levantarse voces en las que se le formulaba a Armitage todo tipo de preguntas acerca del monstruo, pero ninguna respuesta parecía satisfacerles. Todos tenían la impresión de hallarse muy próximos a fases de la naturaleza y de la vida absolutamente extraordinarias y radicalmente ajenas a la existencia misma de la humanidad.

Capítulo 10

Al final, los tres investigadores venidos de Arkham —el Dr. Armitage, de canosa barba, el profesor Rice, rechoncho y de cabellos plateados, y el Dr. Morgan, delgado y de aspecto juvenil— acabaron subiendo solos la montaña. Tras instruir con suma paciencia a los aldeanos sobre cómo enfocar y utilizar el catalejo, lo dejaron con el atemorizado grupo que se quedó en el camino. A medida que subían aquellos tres hombres, los aldeanos fueron pasándoselo de mano en mano para poder verlos de cerca. La subida era ardua, y en más de una ocasión tuvieron que echar una mano a Armitage. Muy por encima del esforzado grupo expedicionario el gran sendero abierto en la montaña retumbaba como si su infernal hacedor volviera a pasar por él con premiosa alevosía. Así pues, era patente que los perseguidores cobraban terreno.

Curtis Whateley —de la rama no degenerada de los Whateley— era quien miraba por el catalejo cuando los investigadores de Arkham se desviaron del sendero. Curtis dijo al resto del grupo que, sin duda, los tres hombres trataban de llegar a un pico inferior desde el que se divisaba el sendero, en un lugar muy por encima de donde se estaba aplastando la vegetación en aquellos momentos. Y así fue en realidad, pues los expedicionarios alcanzaron la pequeña elevación al poco de que el invisible monstruo pasara por allí.

Luego, Wesley Corey, que a la sazón miraba por el objetivo, gritó con todas sus fuerzas que Armitage se había puesto a ajustar el pulverizador que llevaba Rice, y todo indicaba que algo iba a ocurrir de un momento a otro. El desasosiego empezó a cundir entre el grupo del camino, pues, según les habían dicho, el pulverizador debería hacer visible por unos instantes al desconocido horror. Dos o tres hombres cerraron los ojos, en tanto que Curtis Whateley arrebató el catalejo a Wesley y lo dirigió hacia el punto más distante posible. Pudo ver que Rice, desde el lugar de observación en que se encontraban los expedicionarios —por encima y justo detrás del monstruoso ser— tenía una excelente oportunidad para intentar diseminar los potentes polvos de prodigiosos efectos.

El resto de los que estaban en el camino sólo pudieron ver el fugaz resplandor de una nube grisácea —una nube del tamaño de un edificio relativamente alto— próxima a la cima de la montaña. Curtis, que era quien en aquellos momentos miraba por el catalejo, lo dejó caer de golpe sobre el barro que les cubría hasta los tobillos, al tiempo que lanzaba un grito aterrador. Se tambaleó, y habría caído al suelo de no ser por dos o tres compañeros que le ayudaron y le sostuvieron en pie. Un casi inaudible gemido era lo único que salía de sus labios.

—¡Oh, oh, Dios Todopoderoso!… eso… eso…

Luego se organizó un auténtico pandemónium, pues todos querían preguntar a la vez, y sólo Henry Wheeler se ocupó de recoger el catalejo caído en tierra y de limpiarle el barro. Curtis seguía diciendo incoherencias y ni siquiera conseguía dar respuestas aisladas.

—Es mayor que un establo… todo hecho de cuerdas retorcidas… Tiene una forma parecida a un huevo de gallina, pero enorme, con una docena de patas… como grandes toneles medio cerrados que se echaran a rodar…. No se ve que tenga nada sólido… es de una sustancia gelatinosa y está hecho de cuerdas sueltas y retorcidas, como si las hubieran pegado… Tiene infinidad de enormes ojos saltones…, diez o veinte bocas o trompas que le salen por todos los lados, grandes como tubos de chimenea, y no paran de moverse, abriéndose y cerrándose continuamente…, todas grises, con una especie de anillos azules o violetas… ¡Dios del cielo! ¡Y ese rostro semihumano encima…!

El recuerdo de esto último, fuera lo que fuese, resultó demasiado fuerte para el pobre Curtis, quien perdió el sentido antes de poder articular una sola palabra más. Fred Farr y Will Hutchins lo trasladaron a un lado del camino, dejándole tendido sobre la húmeda hierba. Henry Wheeler, temblando, cogió entre las manos el catalejo y lo enfocó hacia la montaña en un intento de ver qué pasaba. A través del objetivo podían divisarse tres pequeñas figuras que ascendían hacia la cumbre con la rapidez con que se lo permitía la abrupta pendiente. Eso era todo cuanto veía, ni más ni menos. Luego, todos percibieron un raro e intempestivo ruido que procedía del fondo del valle a sus espaldas, e incluso salía de la misma maleza de Sentinel Hill. Era el griterío que armaba una legión de chotacabras y en su estridente coro parecía latir una tensa y maligna expectación.

Earl Sawyer cogió seguidamente el catalejo y dijo que se veía a las tres figuras de pie en la cumbre más alta, prácticamente al mismo nivel del altar de piedra, pero todavía a considerable distancia de éste. Uno de los hombres, dijo Earl Sawyer, parecía alzar los brazos por encima de su cabeza a intervalos rítmicos, y al decir esto los demás creyeron oír un tenue sonido cuasi musical a lo lejos, como si una ruidosa salmodia acompañara a sus gestos. La extraña silueta en aquel lejano pico debía constituir todo un grotesco e impresionante espectáculo, pero ninguno de los presentes se sentía con humor para hacer consideraciones estéticas.

—Me imagino que ahora están entonando el conjuro —dijo Wheeler en voz baja al tiempo que arrebataba el catalejo de manos de Sawyer. Mientras, las chotacabras chirriaban con singular estridencia y a un ritmo curiosamente irregular, que no guardaba ningún parecido con las modulaciones del ritual.

De repente, la luz del sol disminuyó sin que, a primera vista, se debiera a la acción de ninguna nube. Era un fenómeno realmente singular, y así lo apreciaron todos. Parecía como si en el interior de las montañas estuviera gestándose un estrepitoso fragor, extrañamente acorde con otro fragor que vendría del firmamento. Un relámpago rasgó el aire y los asombrados hombres buscaron en vano los indicios de la tormenta. La salmodia que entonaban los investigadores de Arkham llegaba ahora nítidamente hasta ellos, y Wheeler vio a través del catalejo que levantaban los brazos al compás de las palabras del conjuro. Podía oírse, asimismo, el furioso ladrido de los perros en una granja lejana.

Los cambios en las tonalidades de la luz solar fueron a más y los hombres apiñados en el camino seguían mirando perplejos al horizonte. Unas tinieblas violáceas, originadas como consecuencia de un espectral oscurecimiento del azul celeste, se cernían sobre las retumbantes colinas. Seguidamente, volvió a rasgar el cielo un relámpago, algo más deslumbrante que el anterior, y todos creyeron ver como si una especie de nebulosidad se levantara en torno al altar de piedra allá en la lejana cumbre. Nadie, empero, miraba con el catalejo en aquellos instantes. Las chotacabras seguían emitiendo sus irregulares chirridos, en tanto los hombres de Dunwich se preparaban, en medio de una gran tensión, para enfrentarse con la imponderable amenaza que parecía rondar por la atmósfera.

De repente, y sin que nadie lo esperara, se dejaron oír unos sonidos vocales sordos, cascados y roncos que jamás olvidarían los integrantes del despavorido grupo que los oyó. Pero aquellos sonidos no podían proceder de ninguna garganta humana, pues los órganos vocales del hombre no son capaces de producir semejantes atrocidades acústicas. Más bien se diría que habían salido del mismo Averno, si no fuese harto evidente que su origen se encontraba en el altar de piedra de Sentinell Hill. Y hasta casi es erróneo llamar a semejantes atrocidades sonidos, por cuanto su timbre, horrible a la par que extremadamente bajo, se dirigía mucho más a lóbregos focos de la conciencia y al terror que al oído; pero uno debe calificarlos de tal, pues su forma recordaba, irrefutable aunque vagamente, a palabras semiarticuladas. Eran unos sonidos estruendosos — estruendosos cual los fragores de la montaña o los truenos por encima de los que resonaban— pero no procedían de ser visible alguno. Y como la imaginación es capaz de sugerir las más descabelladas suposiciones en cuanto a los seres invisibles se refiere, los hombres agrupados al pie de la montaña se apiñaron todavía más si cabe, y se echaron hacia atrás como si temiesen que fuera a alcanzarles un golpe fortuito.

—Ygnaiih… ygnaiih… thflthkh'ngha… YogSothoth… —sonaba el horripilante graznido procedente del espacio—. Y'bthnk… h'ehye… n'grkdl'lh…

En aquel momento, quienquiera que fuese el que hablase pareció titubear, como si estuviera librándose una pavorosa contienda espiritual en su interior. Henry Wheeler volvió a enfocar el catalejo, pero tan sólo divisó las tres figuras humanas grotescamente recortadas en la cima de Sentinel Hill, las cuales no paraban de agitar los brazos a un ritmo frenético y de hacer extraños gestos como si la ceremonia del conjuro estuviese próxima a su culminación. ¿De qué lóbregos avernos de terror propios del diabólico Aqueronte, de qué insondables abismos de conciencia extracósmica, de qué sombría y secularmente latente estirpe infrahumana procedían aquellos semiarticulados sonidos medio graznidos medio truenos? De repente, volvían a oírse con renovado ímpetu y coherencia al acercarse a su máximo, final y más desgarrador frenesí.

—Eh-ya-ya-ya-yahaah-e'yayayayaaaa… ngh'aaaaa… ngh'aaa h'yuh… ¡SOCORRO! ¡SOCORRO!… pp-pp-pp-¡PADRE! ¡PADRE! ¡YOG-SOTHOTH!

Eso fue todo. Los lívidos aldeanos que aguardaban en el camino sin salir de su estupor ante las palabras indiscutiblemente inglesas que habían resonado, profusa y atronadoramente, en el enfurecido y vacío espacio que había junto a la asombrosa piedra altar, no volverían a oírlas. Al punto, hubieron de dar un violento respingo ante la terrorífica detonación que pareció desgarrar la montaña; un estruendo ensordecedor e imponente, cuyo origen —ya fuese el interior de la tierra o los cielos— ninguno de los presentes supo localizar. Un único rayo cayó desde el cenit violáceo sobre la piedra altar y una gigantesca ola de inconmensurable fuerza e indescriptible hedor bajó desde la montaña bañando la comarca entera. Árboles, maleza y hierbas fueron arrasados por la furiosa acometida, y los despavoridos aldeanos del grupo que se encontraba al pie de la montaña, debilitados por el letal hedor que casi llegaba a asfixiarles, estuvieron a punto de caer rodando por el suelo. En la lejanía se oía el furioso ladrido de los perros, en tanto que los prados y el follaje en general se marchitaban cobrando una extraña y enfermiza tonalidad grisáceo-amarillenta, y los campos y bosques quedaban sembrados de chotacabras muertas.

El hedor desapareció al poco tiempo, pero la vegetación no volvió a brotar con normalidad. Incluso hoy sigue percibiéndose una extraña y nauseabunda sensación ante las plantas que crecen en las inmediaciones de aquella montaña de infausto recuerdo. Curtis Whateley comenzaba a volver en sí cuando se vio a los tres hombres de Arkham descender lentamente por la vertiente montañosa bajo los rayos de un sol cada vez más resplandeciente e inmaculado. Su semblante era grave y calmado, y parecían consternados por unas reflexiones sobre lo que venían de presenciar de naturaleza mucho más angustiosa que las que habían reducido al grupo de aldeanos a un estado de postración y acobardamiento. En respuesta a la lluvia de preguntas que cayó sobre ellos, los tres investigadores se limitaron a sacudir la cabeza y a reafirmar un hecho de vital importancia.

—El monstruoso ser ha desaparecido para siempre —dijo Armitage—. Ha vuelto al seno de lo que era en un principio y ya no puede volver a existir. Era una monstruosidad en un mundo normal. Sólo en una mínima parte estaba compuesto de materia, en cualquiera de las acepciones de la palabra. Era igual que su padre, y una gran parte de su ser ha vuelto a fundirse con aquél en algún reino o dimensión desconocido allende nuestro universo material, en algún abismo desconocido del que sólo los más endiablados ritos de la malevolencia humana le permitirían salir tras invocarlo por unos momentos en las cumbres montañosas.

Seguidamente, se hizo un breve silencio, durante el cual los sentidos dispersos del infortunado Curtis Whateley volvieron a entretejerse poco a poco hasta formar una especie de continuidad, y llevándose las manos a la cabeza soltó un sordo gemido. La memoria le devolvió al momento en que le había abandonado, y volvió a invadirle la horrorosa visión que le había hecho desfallecer.

—¡Oh, oh, Dios mío, aquel rostro semihumano... aquel rostro semihumano!... aquel rostro de ojos rojos y albino pelo ensortijado, y sin mentón, igual que los Whateley... Era un pulpo, un ciempiés, una especie de araña, pero tenía una cara de forma semihumana encima de todo, y se parecía al brujo Whateley, sólo que medía yardas y yardas.

Y, exhausto, enmudeció, mientras el grupo entero de aldeanos se le quedaba mirando fijamente con una perplejidad aún no cristalizada en renovado terror. Sólo entonces el viejo Zebulón Whateley, a quien solían venirle a la cabeza antiguos recuerdos pero que no había abierto la boca hasta el momento, dijo en voz alta:

—Hace quince años —se puso a divagar—, oí decir al viejo Whateley que un día oiríamos al hijo de Lavinia pronunciar el nombre de su padre en la cumbre de Sentinel Hill...

Pero Joe Osborn le interrumpió para volver a preguntar a los hombres de Arkham:

—Pero, ¿qué era, después de todo, y cómo logró el joven brujo Whateley llamarle para que acudiera de los espacios?

Armitage escogió sus palabras cuidadosamente a la hora de contestar.

—Era... bueno, era sobre todo una fuerza que no pertenece a la zona que habitamos del espacio sideral, una fuerza que actúa, crece y obedece a otras leyes distintas de las que rigen nuestra Naturaleza. A ninguno de nosotros se nos ocurre invocar a tales seres del exterior, sólo lo intentan las gentes y cultos más abominables. Y algo de ello puede decirse de Wilbur Whateley, algo que basta para hacer de él un ser demoníaco y un monstruo precoz, y para hacer de su muerte una escena de diabólico patetismo. Lo primero que pienso hacer es quemar este maldito diario, y si quieren obrar como hombres prudentes les aconsejo que dinamiten cuanto antes la piedra altar que hay en esa cima y echen abajo todos los círculos de monolitos que se levantan en las restantes montañas. Cosas así son las que, a la postre, traen a seres como esos de los que tanto gustaban los Whateley, unos seres a los que iban a dar forma terrestre para que borraran de la faz de la tierra a la especie humana y arrastraran a nuestro planeta al fondo de algún lugar execrable para alguna finalidad de naturaleza igualmente execrable.

—Pero por cuanto se refiere al ser que acabamos de devolver a su lugar de origen, los Whateley lo criaron para que desempeñara un terrible papel en los monstruosos hechos que iban a acontecer. Creció deprisa y se hizo muy grande por las mismas razones por las que lo hizo Wilbur, pero le superó porque contaba con un componente mayor de exterioridad. Y es innecesario preguntar por qué Wilbur lo llamó para que viniera del espacio… No lo llamó. Era su hermano gemelo, pero se parecía más a su padre que él.

[1] Conductores de almas al reino de los muertos. [N del T] [2] El 1.º de agosto. [3] El 3 de mayo.

Made in the USA
Las Vegas, NV
11 October 2021